キッド

Kid

サイモン・アーミテージ
四元康祐・栩木伸明＝訳

思潮社

キッド　サイモン・アーミテージ詩集　目次

キッド

Kid

スグリの実のなる季節

Gooseberry Season

それで思い出したわい。あの男がやってきたのは
昼時だった、水をくれって。職を失くして
町から歩いてきたんだ、かみさんと弟に置手紙を残して
石炭櫃のなかに飼犬を閉じ込めてな。
ベッドを貸してやると

月曜まで眠り続けた。
一週間経ったが、上着はハンガーに掛けたままだ。
それからひと月、ひと働きも、ひと言の感謝の言葉も
一文の部屋代も、出て行く気配もなし。
ある晩あいつは種を取り除いた舌触りのいい

スグリの実のシャーベットの作り方を話しはじめた
だがもうわしの堪忍袋の緒は切れとった。トランプをやっては
息子から小銭をくすねるわ、女房にはお愛想ばかり、最後の晩には奴さん
嘗め回すように娘の身体を眺めておった。わしらが晩飯の支度をしているときにも
あいつはわしのパイプを吹かしてふんぞり返っていたもんだ。

手はどこから手首に変わると思う？
首が肩になるのはどこいら辺かね？　その境目の場所
そこに働く重み、どこからともなく現れて、あるものとないもの、
これとあれとを隔てるあの剃刀の刃の
向こう側へわしらをひっくり返してしまう力——

そういう忠告をしてやることもできたが
やめておいたよ。わしらは風呂桶に水を張り
あいつを沈めて押さえつけた。それから身体を拭き乾いた服を着せて
軽トラックの荷台に積みこんだ。
ヘッドライトを消したまま

州境まで車を走らせ
荷台の後尾扉を下におろし、息子にポケットのなかを
全部確かめさせてからマットレスみたいにあいつを引き摺って
牧場を横切り、いち、にの、さんで、
隣の州へ放り投げたのさ。

このことはふだん誰にも言わんがね
スグリの実のなる季節がくると思い出すんだ、そしてこの食卓で
片方の眉だけ吊り上げながら、あいつの分も勘定に入れて
きっかり五等分になるようシャーベットを掬うのさ。
どうしてわしがあんたにこの話をしているか、もうお分かりかな。

極北

True North

初めての帰省はヒッチハイクだった、最後の区間は
暖房のない車掌車に乗っけてもらって
いくつもの無人駅を通り過ぎ
雪の凍りついたプラットホームへ。ごたいそうな話じゃない、

ポーツマス技術大学校《ポリー》で最初の学期を過ごしたあとの帰省、
フォークランドのごたごたが起こる前の話だ。ホームから眺めると
村は凍りついて見えた、まるでガラスドームの底で
プラスチックの雪のかけらを載せて寄り添う家々、

ぼくはそのドームを揺すってみたくてうずうずしていた、
新しい知識をたっぷり仕込んで、旗や幟、紙吹雪のお出迎え、

ファンファーレとか地元の歓迎会なんかを
ほとんどマジで期待しながら。

オールド・ニュー・酒場《イン》ではふたりの男が向かい合って座って
腕相撲の最中——　ひとつになったふたりの拳が
コンパスの針みたいに震えていた。後日、
復活祭のあとで、彼らはぼくに表へ出ろと怒鳴ることになる

まずい時にまずい場所でぼくがマルビナスという言葉を
口にしたからだ。だがその夜はまだクリスマスで
酒もふたりのおごりだった。クリスマスといえば、実家で
ぼくは新しいゲームを披露した！　ティッシュを一枚

ブランデーグラスの上に小太鼓みたいに敷いて、
一ペニー硬貨を載せ、タバコに火をつける、それから交代で
燃えているタバコの先でその薄い膜に穴をあける
ティッシュが破けて、ペニーが落ちたら負け。

顎を外しそうなほど大欠伸している親戚連中を前に
ぼくは一席ぶったものだ、どんな風に
狼の群れがボスニア湾の海岸に集結して、天候が変わるのを待ち、
やがて氷結した海を渡ってゆくかについて。

訳注（以下、＊はすべて訳注）
＊マルビナスはフォークランド諸島のスペイン語名。一九八二年、領有権を巡って、英国とアルゼンチンの間で軍事紛争が起きた。
＊ボスニア湾はフィンランド（東）とスウェーデン（西）に接し、南はバルト海に開いている。

ブラスネック

Brassneck

たいていマンチェスター・ユナイテッドだね、
一週間おきの土曜日。
あとアウェイの試合でいいのがあったらホワイト・ハート・レーンとか。
グランドの人混みへ飯の種を探しにゆくのさ。
金目のもの、クレジットカード、
小切手帖に現ナマ、

一番でかい魚か
一番ちょろいカモ、
もしくはその両方。たとえば先週のあの男
やつを料理してサッカー場を立ち去ったときおれたちは
きっかり一〇〇〇ポンドを手にしていた

それも全部よれよれの十ポンド札で。

そういう場合、被害届けを
警察に出す奴はまずいない。
カーター、あいつはまあ格下の相棒といったところだ、
はじめて一緒に組んだのは二シーズン前の
ＦＡカップ
ユナイテッドのファンで満員の
ストレットフォード・エンド・スタジアム。
あいつがおれのシガレットケースをくすねようとするのを
おれが捕まえ、おれがあいつの半ズボンから
クレジットカードの束を摘み上げようとするのにあいつが気づいた。
あの日以来
おれたちはここいらをシマにしている。

キックオフはいつも

ホットドッグの屋台あたりからだ。
チケットを買うのにどこへ並んだらいいかも分からないような
ド素人のファンの懐をいくつも空にしてきた。
遠慮はしない、取れるものは
すべて頂く。

去年のシティーの
地域戦じゃ
超カワイイ女の子を助けてやった
その娘は雑踏のなかで友達とはぐれてたんだ。
おれたちはプラット・レーン・エンド・スタジアムの外まで
案内してやった、

腕を組んで
タッチラインに沿って歩き、
トンネルを通って回転式の改札口を抜け
遠くに停まっているパトカーを指さしてやったんだ。

おれが話しかけているすきに
カーターがその娘をすっかりかんにしたよ。

カーターがいみじくも云ったとおり、
おれたちはいったんボールを受け取ったら
徹底的に巻き上げる、櫛から巻き毛にいたるまで。
そして九つの眼でポリ公を見張る、
もっともグッディソン・パーク・スタジアムで
パクられたときにゃ

二人の若い気の利いた警官に
便所へ連れていかれて
アガリを折半させられちまったが。不正警官、
やつらは掃いて捨てるほどいる。
秋になるとおれたちは
チャリティ・シールド・スタジアムで

指を動かし始める
しょっぱなから相当な稼ぎになるが
なんといってもセミファイナルとファイナルがおれたちの盆と正月だ。
もちろんヒルズボローの一件、あれは別だ
あの日おれたちは早くから仕事を始めたが
試合の結末があんなことになったんで

追悼の意を表し
盗ったものをみな返した、
必要な経費だけを差し引かせてもらって。
(おれが云っているのは赤と青の花輪代のことだ。
盗人の世界にだって、
職場の規定ってものがある)。

カーターはいつも云うんだ
賭《ウェージャー》けてもいいが
賃金《ウェイジズ》の名のもとにもっとひどいことが行われているぜ、と。

おれはあいつにこう云い返す、喋るときには
時と場所をわきまえろよ、
口は災いの元だぞと。

カーターといえば、
別に気にしちゃあいないが、
あいつはおれにホモっ気があると思っているらしい。
おれの声は鼻にかかって優し過ぎるし、
髪の毛だって
シャンプーとブラッシングはやり過ぎなほど、

爪の甘皮は
根元まできっちり取り除いているし
両親指の爪にはたっぷり半月がかかっていて、
十本の指先にはきれいにマニキュアしているからね。
でも、お互いルールさえ守れば仲よく働いていけるはずだ
やつはやつのオマンコ指でおれの財布に触らないこと、

おれはやつのポケットに
おれのイカセ指を突っ込まないこと——

＊ブラスネックは一九六〇年代の英国のコミックの主人公。元来、「図々しい、鉄面皮」などの意味。

＊九つの眼は、バットマンのコミックに登場する悪役の一人、九つの眼の魔人《ザ・フィーンド・ウィズ・ナインアイズ》を連想させる。

＊ヒルズボロー・スタジアムでは、一九八九年、ＦＡカップのセミファイナルで観客が将棋倒しとなり、九十三名の犠牲者をだす惨事があった。

告解火曜日《パンケーキ・デー》

Shrove Tuesday

あの晩、パンケーキを前に、君はぼくに云った
愛してなんかいなかった、お金が目当てでもなかった
ただ子供が欲しかっただけなのと。
それから君がほかの女たちとの恋を打ち明けたとき
ぼくはあの娘そっくりに見えただろう
腰を抜かし、ひっくり返り、あっけに取られていたあの娘。
一千億分の一
よりももっと小さな
確率だよ。

だってその娘は

これまで一度も、雪という言葉にも観念にも
出会わなかったんだ。ある朝

寝室のカーテンを開けるとそこに
それが待ち受けていた、漂白剤のような白さで

芝生や街路に、
見渡す限りくるぶしの深さまで積もり

凛として、均一に、そしてなお降りしきって。
信じがたい話だが、彼女はとうに二十歳を過ぎていたそうだ。

＊告解火曜日は「灰の水曜日」（カトリック教会ではこの日から四旬節（斎戒期）がはじまる）の前日、かつては告解（罪を告白すること）の日とされた。パンケーキ・デー、あるいはマルディグラとも言う。

越冬

Wintering Out

君の母さんのところに
六か月間居候をする、雀の
涙ほどの家賃を払って
指一本動かすでもなく。誤解しないでほしい
ぼくは愚痴ってるわけじゃない。

長屋建住宅《テラスハウス》の突き当たりの
飾りたてたちっぽけな家《ドールハウス》、吊り下げた花かご、
車が二台はいるガレージ、
お伽話の結末みたいに蔓の茂った
お庭とガチョウの

泳ぐ小川。家のなかは
ちょっと変っている、お隣さんと背中合わせに
ぴったりくっついた
寝室同士、壁紙みたいに薄い壁
だから隣の電話の音は

りんりんと鳴り響き
足音は階段を
コルネットの初級練習用楽曲さながら
上がったり降りたりする、
隣の娘が習っているんだ。最初の日から

ぼくはずっと考えていた、あの朝
ブラインドを上げると
普段着にレギンスをはいた君の母さんが
庭にいるのが
見えた

慣れた手つきで熊手の両端を使って
地面におちている果実を
串刺しにし、
それから川に向かって
放り投げてた。ぼくはなにも

云わなかった、一冬じゅう
息を殺して、まるでターザンを演じる
ジョニー・ワイズミュラーみたいにしがみついていた
氷の下で待っていたんだ
新しい、ぼくら二人だけの家へ浮上するのを

その家で木材は加工され
磨きあげられているだろう、木目は
渦巻いているだろう高気圧の
中心をとりかこむ

等圧線のように。この家では
ぼくらは口を閉じていなくちゃいけない、かっとして
階段をどやどや駆け上がって
いい加減にしろよ馬鹿野郎と怒鳴りつけたり
なんでもないことに臍をまげて
一週間も拗ねていてはいけないいんだ。ここは

ぼくらにとって不吉な場所、
井戸水のなかの
寄生虫が
君の金髪を黄緑色に染めたよね、可哀相に。
ヨークシャー水道局から

専門家がやってきて
pHのテストをしたり
薬缶の湯垢を採取したけれど

結局原因は分からなかった。
もう出て行かなくちゃ、おさらばしよう

鍵のかからない
便所、ひとりでに開いてしまう
扉、すけすけのガラスと
可愛らしいけれど
窓の真ん中まで届かないカーテン。

さてある夜のこと、
例の気紛れで、真夜中に
外へ出て
雨樋の下塗りを始めようとした君の母さんが
ぼくらを見つける、
浴室のなか、ワイドスクリーンいっぱいに
イタシテルところを。絶体絶命、どうすりゃいい？

泡の底に潜って
へちまの管を通して
交代で息をしながら、ただひたすら
夏を待つだけ。

＊越冬と聞いて英詩の愛読者が連想するのは、シェイマス・ヒーニーの名詩集『越冬《ウィンタリング・アウト》』（一九七二年刊）である。研究者なら「北アイルランド紛争の厳冬期を耐えて生き抜こうとした想像力の所産」とでも評するであろうこの詩集のことを、アーミテージははたして意識しているだろうか？
＊長屋建住宅《テラスハウス》は、英国都市部の典型的な庶民の住まい。赤煉瓦の二階建てか三階建てで、ウナギの寝床のような間取りに裏庭がついた家が横並びに五軒ていどつながっている。「教科書の例題を用いた復習」にも同じタイプの住宅が登場する。

ウェルドン・キーズを探して

Looking for Weldon Kees

マイケル・ホフマンが云っていたらしい
『ウェルドン・キーズ全詩集』は私の度肝を抜くだろうと、
しかし、
　　　　もう絶版で
　　　カルト的人気、
　　手に入れるのは
　至難の業だ、
書店でおいそれと見つかるような代物じゃない
本棚のキーツとキプリングの間にはなにもない。
ゴールデンゲート・ブリッジの下にはありあまる水
あの洒落者が分不相応に株を上げた日以来、

あの明け方
　　彼がフォード・チューダーの
　　両方のドアをロックして
　　この惑星の表面から
　　小さな一歩を踏み出してからというもの。
遺言なし、手紙なし、橋の上の細身のズボンとレインコートの
まわりに引かれた警察のチョークの線もなし、
蒸発を成就させるための
自然発火のひと吹きもなし。いっぽう、ロビンソン、
奴は
　　トラブルを山ほど起こして
　　ホステルを追い出されたあと、
　　町に戻っていたが
　　私からは姿をくらまし続けていた
何年越しもの関係だ、私とあのロビンソンという男
マルタの警察官の文盲の息子

無一文で、六三年にボートでやってきて、
改名で名を馳せた
証書に
あいつはミスター・Xと書いたのだ
署名代わりのバツ印――
あるいはマルタ十字✠
それがあいつの綽名になった。
初めて握手を交わしてからというもの私たちの間にはサンフランシスコより
もっとたくさんの上り下りがあった、その後あいつは南へ行ったという噂だったが、
私の車のフロントガラスにはあいつの頭文字が塗りたくられ、
留守電のメッセージには片言英語、
例の
マルタ島風《モルティーザーズ》チョコボールが一袋
郵便受けに突っ込まれていた、
間違いない、

ミスター・Ｘだ
またの名をロビンソン、ケーキにナイフを入れたのを忘れた頃に
舞い降りてくる紙吹雪みたいに思わせぶりな緊急連絡。

で、どうしたって？　つまりだ、「タイムズ文芸付録」の長い広告によれば
書籍検索サービス社の最大の特徴は、
以下の通り、

●どんなお求めにもお応えいたします
●無料にて絶版書をお探しいたします
●オペレーターは親身に対応いたします
そしてブライトンにある会社の電話番号。

午後一時になるのを待って私は受話器を取り上げ、ダイヤルを回した、
すると希少本係がお待ち下さいと云ったので、私は待った、

誰かの人差し指の先が、開いた価格表を
上から下にそれから横に滑ってゆくのが聞こえた、
それから

私が注文を告げると
また別の音で
洋梨の実のような形に
丸められた反故紙が
屑籠へ投げこまれるのが聞こえた。どうやら
アメリカの書籍とは気性が合わないらしい。

私が受話器を元に戻したその瞬間
交換手がベルを鳴らし、私は耳を疑った、
なんと
ロビンソン様が
受付におみえです
私は待合室へと
突進した
そこは見事に空っぽで、残っていたのは奴の体臭と
そして怪傑ゾロのマークのようにくっきりと、

Xのマーク、丸テーブルのうえにフェルトペンで
ごたいそうに書き残されたあいつの名前。
私は仔細に眺めた
　　奴の署名の
　　投げやりな一撃
　　根元でひとつになった
　　一対の斜交い棒
靴紐のように緩やかなふたつの先端からは
フルネームが歩み出すか解け出しそう。
テーブルの下には、ポリ袋に入った、小包ひとつ、
一冊の本とおぼしきサイズと重さ、ハードカバーだ。
お手上げだ
　　ほどいてみても、
　　暴きだしても、
　　文句を云ったり
　　滅茶苦茶にしてみても。

その夜地下鉄のなかでそいつをぱらぱら捲っていたとき
私は前方にロビンソンの姿を見たと思った。

＊ウェルドン・キーズ（Weldon Kees, 1914–55）はネブラスカ生まれの詩人。三冊の詩集を出したあと、一九五五年七月十八日、彼の車がサンフランシスコの金門橋《ゴールデンゲート・ブリッジ》の入口近くで発見されたが、車内はもぬけの空、死体は発見されなかった。今日ではもっぱら「ロビンソン詩篇」と呼ばれる四篇の詩——どの詩にもロビンソンという不思議な男が登場する——によってのみ記憶される。『全詩集』はネブラスカ大学出版局から出た。

＊マイケル・ホフマン（Michael Hofmann, 1957– ）はドイツで生まれ、七歳のとき英国へ渡り、ケンブリッジ大学で英文学を学んだ詩人。

＊マルタ島風《モルティーザーズ》チョコボールは、英国で最もポピュラーな赤い袋入りのチョコ菓子。そのネーミングの由来は「マルタ島風」というよりも、チョコの中心の「モルト（麦芽）」と「メルト（なめらかな舌どけ）」の合成であるらしい。

捕球

忘れよう
くだくだと、長かった
午後は。時は今

この刹那
バットの縁を
ボールが

掠《かす》る。上へ
後の方へ、地面へ
とても

The Catch

間に合わない
それでも腕を伸ばして
彼は掴み

とる
放物線から
まるで

枝先の
リンゴのように、
今季最初のアウトを。

ふたつの都市のロビンソン

Robinson in Two Cities

建築物と工事用足場のふたつの都市、聳えたつビルの街区が
気温を測っている、屋外型展望エレベーターが窓拭き用ゴンドラを
追い越す、プロジェクトと間に合わなかった締め切りあれやこれや、ロビンソン

駅の近くにいる。ここが全路線の終点。交差点と
環状線のふたつの都市、内側の車線が左の方へ剝がれて
車の流れを郊外へ、郡部へと逸らせてゆく、ロビンソン

循環バスに乗っている、これで三周目だ。クレーンが空を縁取る。
人間とタクシーとサイレンを攻撃するふたつの都市、
どこでもないところからどこでもないところへ道路を渡りながら、ロビンソン

歩いている。ムクドリの数で点数を競い合う、夕暮れの
ふたつの都市。夕刊紙はどっちにするか、あの橋、しばらくして
欄干の上で綱渡りの真似をしながら、ロビンソン
迷っている。

答案用紙を開いて、始め……

You May Turn Over and Begin...

「次の映画のなかでダーク・ボガードが出演して
いなかったものは？　一〇〇ウェイトのボーキサイトから
アルミニウムはどれだけできる？
デカメロンに入っているのはいくつの物語？」

雑学、小学校六年生程度、朝飯前、
一オンスの常識か

メモリー機能つきの
電卓があれば誰でもできる。

闇雲に走るばかりでチェックや
ダブルチェックなんかしないで、ぼくは夢見ていたんだ
乳白色の乳房と裸、もっと具体的に云うなら
童貞をすてることを。

「童貞」——ぼくらはみんな焦っていたのに
娘たちはけろりとしてた、

カクテルみたいに長くそしてひんやり、
手の届かない高嶺の花、束ねた髪やポニーテールを

鋲を打った革ジャンを着て、バイクと
予備のヘルメットを持った年上の奴らだけに差し出して。

たったひとつの慰めと云えば
彼氏の新しいホンダの

後部座席に跨がっていたあのノッポの娘
彼女、黄信号で止まったとき、

両足を地面につけて立ちあがり背伸びをして、
ヘルメットの前をあげて前髪をかきわけ

ぴっちりしたジーンズを直していた。
男がバイクを発進させたときにも

彼女はその場に突っ立ったままだった、鳥の叉骨みたいに
高く、からりと、大きく脚を広げたままで、

噂によればそいつは急な左カーブで
バランスを失って転倒、救急車に

運ばれるまで娘がいないことに気づかなかったんだってさ。

そう、『蜜の味』だよ！　やっと思い出した。

＊『蜜の味』（原題 *A Taste of Honey*）は一九六一年に公開された、トニー・リチャードソン監督の英国映画。ダーク・ボガードは出演していない。

海辺にて

泣いたからではなかった、でも
その青く沈んだ眼は夕方からずっと
君の一番フォトジェニックな横顔のうえで
測り知れない潮を湛えていた。堤防を守り抜いたあの
少年のように僕はその場を離れなかった、

巨大な指を差し込んで、
埃の原子をティッシュの角で
持ち上げながら、角膜を覆う油のなかの
髪の毛の切片を思い浮かべていた。僕らはふたりとも
暗がりにいる、だが僕はそのまま

At Sea

睫毛を摑んで瞼を捲りあげ、
ほとんど裏表にして折り畳み、それから家中の
鏡を探し回っては隠してゆく
そのあいだ虹彩は、血のインクに
包囲されて寝返りを打つ

自らの軌道へと。なにひとつ
役に立たないだろう。自分の眼玉を抉りだして
食べたという実際にあった少年の話を、
夜どおし君は夢に見ている
だから朝六時ともなれば

玉葱みたいにひりひりする軟膏を
僕はせっせと塗りたくっている、瞳孔を避けて
クリームを一筋搾り出す
すると眼はたちまちぴったりと閉じる
死んだムール貝みたいに。

友人たちが次々と駆けつける
それも好意から。エアロックされた
ロビーのなかで彼らは待機して囁きあっている
眼帯と洗眼液、マスカラに関する
真実を抱えて。

どうやら猫たちまでが気づいていて、
ムクドリを運び込んでくる、その羽根の色が
日差しのなかの水に浮かぶ油の色なので
ムクドリはなにかの徴なのだ。
そこから始まる

長い時間のなかで、苛立ちが
口論へと癒されてゆく。もう十八回も
同じことの繰り返しだ、君の長い脚がベッドカバーから
滑りでて、まるで拳みたいに

踵でカーペットを叩く

僕は階下にいて
その音を聴くのに耐えられないでいる。
言葉は遂に口にされた、瓶に詰められていたものが
噴きだしたのだ今部屋へ入ってゆくことは
歩いて渡ろうとするのも同然だ

海の上を。

火事

墓地からは見えなかったよ
でも今、下の道路からは、煙が見える。
停めろよ。焼け跡へ駆けつけて
見てみようぜ。どれくらい、やられたのか。

女たち。癪に障るな、今夜は。
俺たちは目をこすってあいつらを見る。おい、聞いたぜ
お前はアイロン台をふたつ真っ直ぐに立てているそうじゃないか
退屈しのぎに。一体どうしたんだ?
ベティは赤ん坊を亡くした　だから抉りだした

自分の片眼を。血。引き返そうぜ。ブルーベルの花みたいに

Fire

風に吹かれて頷いたり揺れたりしていようや。うん、
女たちは火を消し止めたみたいだ。いいや、
墓地からは見えなかったよ。

ロビンソン氏の休日

Mr Robinson's Holiday

重力に引き寄せられたかのように、彼はここまでやって来た
辺鄙な州の網の目をくぐり抜けて
南西地方まで。ここで本土はつまさきを
海に浸している。断崖から、ファインダー越しに、

ロビンソンは目を凝らした、一頭のアザラシが入江へ這い上がってくる
宇宙飛行士みたいに。民宿では、
でっちあげの住所を記帳。さもないと、宿の主人の友人たちが
訪ねてきて、窓枠を

無理やりこじ開け、長い姿見の前で
彼の洋服を次々に着てみたり、写真やテープを

山ほど撮ったり、ほかほかの朝食を勝手に食べたりするかもしれないから。
ロビンソンは思っている、馬鹿げていると、ロビンソン。

天候について一言。不安定。コートのポケットには
靴下が片方だけ、妙な話だ。ここのプライベートビーチの
維持保全のために、ロビンソン、善意の箱に
ヤドカリを投げ入れる。手持ちぶさたなので、

海岸のロビンソン、何時間もかけてミートローフみたいにゆっくりと
肌を灼く、風除けの後ろで体を揺する、
それでも思いがけない場所から一晩中
砂は零れ落ちてくる。腕時計を外すと白い跡——

一日にしては上出来だ、ロビンソン。セント・マイケルズ・マウント島についても一言
渡し舟の男に金を払うくらいなら死んだ方がましだと思っている、
満潮を前に冠水した、島へ渡る海の道で
ロビンソン、亡霊のようだ、首まで浸かっている。

ほら、圧倒的じゃないか。セントアイヴズの空気は
切り取って額に入れることができそうなくらい澄みきっている、
かつてこの町ではあまりの魚臭さに
柱時計まで止まったというのに。ロビンソンは

いい加減なことが嫌いな男だ、湾と入江を見下ろす
ローラーコースターみたいな小径ごときにおじけづく男ではない。
ロビンソンのラジオ——気象前線に関する朗報、
概ね陽光ところにより雨がパラパラ。

由緒ある屋敷を見学。編上げ靴の上からプラスチックの上履きを
かぶせて履いて、これを触ったりあれを撫でたり
また別のなにかをつっ突いてはたしなめられて。ロビンソン
ひとりで呟いている、清掃、清掃、もっときちんと。民宿の部屋へ戻る。

浴槽には栓がないが、ロビンソンは

びた一文払いたくない、だから一時間以上も
自分の踵で穴を塞ぎながら湯に浸かる。タオル一枚持っていないので
カーテンで体を拭う。いかにも、ロビンソンだ。いかにも。

一晩中目を覚ましている。隣室の男が咳き込んでいる
アザラシみたいに。浜辺まで降りてくると月は篝火のようだ、
どっちへ歩いてゆこうと月は彼を見つける、後ろから追いかけてくる、
驚かしてやろうといきなり振り返ってもたじろがない、

そうやって月は彼に思い出させる。

＊南西地方とは、ようするにイングランドの南西端、コーンウォール半島のこと。アーサー王伝説ゆかりのケルト文化を残す地域で、美しい海岸（ビーチ、断崖など）と漁村とかつて栄えた貴族の屋敷が点在する観光地である。セント・マイケルズ・マウント島はかつてケルト人の聖地だったといわれ、ブルターニュのモン・サン＝ミシェル島（世界文化遺産）と同様の島。本土から渡し船ですぐ渡れる。セントアイヴズはかつてひなびた漁村だったが、アーティストたちが好んで訪れたことをきっかけに、今では人気の海浜リゾート地。コーンウォールはシーフードが美味で、サイダ

ー（リンゴ酒）や地酒のエール（ビールの一種）、またクロテッド・クリームを添えたスイーツも名物だが、ロビンソン氏にはそれらを楽しむ余裕はなかったかもしれない。

アラスカ

Alaska

ぷいっとおまえは
出てっちまった。ったくよ。
いまじゃ澄ました顔でいるんだろう。
おれのことを
アラスカヒグマみたいに思ってんだろう、

禁猟期の穴に隠れて
ぬくぬくと冬ごもりし、ゴロゴロ腹を鳴らす。
な、おれのこと
ミジメな王子さまだと思ってんだろ
パタパタ

冷えきった宮殿を行ったり来たり、
料理人も小間使いもそこにゃもういない、
引き抜かれて、別の屋敷へ
夜逃げしたんだ
病気手当、高給、水道完備の

個室つき、そんな類いの
特典欲しさに。な、
想像してんだろう、おれのダメ男ぶり、
ワイシャツについた
スチームアイロンの焼印、

一晩中つけっぱなしのストーブ、
ビールの空き缶と
プルリングに埋もれた台所
だがな、これだけは云わせてもらうぞ
たとえほんのちらっとでも

おまえのことを恋しいと思ったのは
後にも先にもあの雨の水曜日だけ
四月だった、おれはシーツを力いっぱいたぐりよせて
あの馬鹿でかいキングサイズのベッドを
手なづけようとした。なぁ、

あいつと一緒にいる自分がどんなだか、想像してみなよ。
こっくりこっくりうなづきあいながら
雪原を行く
二頭のロバみてえ。
それかもっと西の方で、あいつとおまえが、
手に手をとって、

カレシとカノジョになって、
それがぜんぶ
おれの目と鼻の先にあんだよお。

まるでベーリング海峡みたいに、
石を投げたらあたるほど間近に。

無題、花々と

Untitled, with Flowers

労働者団体主催のホームメイド物産フェアで
オレたちは六本のカクタス咲きダリアをもらった
一曲歌った賞品だった。本物の花を飾るなんてそれが初めてだったから
オレたちは新米のパパとママみたいに花を抱っこして帰ってゆく
暖かな、けれど一差しの花瓶もない我が家へ！

サテドウスル？　四本は空き瓶に差しておけばいい、
——瓶の口が茎を締めつけている、ピンクのポンポンの
イソギンチャクのような、花びらを駆り出す四本の支柱だ。
あとの二本は？　ひらめいた！　オレたちはそれを
トイレに活けることにする。気球に乗った子供みたいに
花は便座から身を乗り出して、見たがり

見られたがってる、下界から指差されるのを待っているのだ。

朝六時、お酒ぷんぷん、オレは便所に
なだれこむ。うなだれて、頭が重たすぎて、
彼らは高度を落としている、投げ捨てられた花びら、
きつく内屈したその尖端——気球の下の救命ボートたち——
泣いていた証拠。オレははっとする。

＊労働者団体主催のホームメイド物産フェアでダリアをもらったこの詩の語り手は、労働者階級らしい。ジョージ・オーウェルに言わせれば「世界でいちばん階級にとりつかれた国」である英国は、今日でも階級社会の要素が色濃い。『マイ・フェア・レディ』のイライザがしゃべっていたコックニー（ロンドンの下町アクセント）、ワーキング・クラス・ヒーローとしてのジョン・レノン（およびそれ以降のポップスターたち）、サッカー（中流以上の階級が好むラグビーと比較して）というスポーツなどが、かれらの文化的指標である。

詩

そして雪が降り車庫の前にどっさり積もったら
シャベルを取ってきて脇へどけた。
そして夜にはいつも娘を寝かしつけた。
そして一度嘘をついた娘をスリッパで引っ叩いた。

そして毎週稼ぎの半分ほどを酒代に使った。
そしてその週使わなかった分は貯金にまわした。
そして細君の作る料理を毎回褒めた。
そしてある時、笑ったからといって、顔を殴った。

そして母親には自費で看護婦をつけてやった。
そして日曜日ごとに教会まで車で送り届けた。

そして容態が悪化したときには男泣きに泣いた。
そして二回母親の財布から十ポンドをくすねた。

振り返って人々はこんな風に彼を評したものだ
あるとき彼はこれをした、また別のときにはあれをしたと。

有罪者たち

The Guilty

連中は眼を逸らそうともしないで
否認する。ポケットを裏返してみせる――
ビスケットとちぎれたティッシュのほかは空っぽの。
いつどこでだって自分の子供を素裸にしてみせるだろう。

名前を呼ばれただけで、吃驚した顔をする。
尋問すれば、時と場所とを思い出す。もっと尋問すれば
血液型、郵便番号、特徴のある顔つきなんかも
吐くだろう。私たちが車で駆けつけるとき

奴らの家のカーテンは痙攣する、あるいは裏口から
脱兎の如く逃げてゆく足音が聞こえる。

有罪者たち、あいつらには癖がある。嗅げば
分かる。文字盤を内にして嵌めたアナログの腕時計
薄切りする前のパンになすりつけるバター。
奴らはベルトを弛める、穴ひとつ、

食事の前に。味見しないうちから塩をふりかけ
トイレを流すときには必ず二回。
握手してごらん、あの連中の手はパテみたいだ。
連中の子供たちは親の言うことに決してさからわない。

さて、この連中をいつ鞭で打ったらよいか?
そもそも私たちは、これらの事柄をいかにして知り得たのか?

チャットニー裁判長の最終判決

Judge Chutney's Final Summary

陪審員の
皆さん、
あなたがたは大津波を

乗りきった、
根気よく
耳を傾けた、

証拠の
雪崩に立ち向かって
持ちこたえた、

もう
認めよう。
私は有罪だ。

その通り、
疑いの余地もない。
国会制定法が

氷河のように
迫ってくるなか、
私は路面電車の

ガイドラインに従い
思考の列車の
行方を辿って

草ぼうぼうの引込線に入ってしまった

石炭を切らして
立ち往生したのだ

上り勾配のなかばで。
雑木林のなかを
さまよい歩いて

森から
木を見分けようとした、朝食に
アリバイを食べ、

パン屑のように
嘘を摘み上げた
だが辿り着いたのは

ゴーストタウンだった
太ったカササギが一羽

こっちを見上げ

また餌をつつきはじめる。
飛行機雲が
虹のように消えてゆく。

私は捜査の線を
拾い上げて
たぐり寄せた、

筋書きの
細い糸
その端は私の手のなかで

毒蛇の
頭と化した、
あるいはそれを私は呑み下した——

数字を思い浮かべては
二倍してみた。
結末を

刑罰に合わせようとするのは
一番大きなロバに
罪を背負わせることに

等しかった。
撤回すること、
それら全部を

取り消すことは
すべての判決の
すべての縫い目を

解くことにほかならない。
ああ、神よ。
私は必死で

探しまわった、
日射しのきらめきに
ボールを見失い、

もみ殻と一緒に
麦をも投げ棄て
あるときはまた、

強風のなかで、
風呂桶から赤ん坊を
選り分けた。

覚えておられるだろうか？

陪審員の
皆さん、

私は評決に
到達した
皆さんは全員一致で

賛成なさるだろう、
終身刑《ライフ》だ
つまり生《ライフ》ということ、命《ライフ》
つまり生きる《リビング》ということ。
最後に、
私、チャットニーは、

身に倦み
心にも倦んだゆえ

ここに差し出そう、

真実
天地神明に誓っての真実、および
我が全財産を。

この最初の証拠物件に関して
皆さんのいうべきことやいかに？
私が今晩

水車用貯水池からすくい取った
チーズの輪のような
月について？

それとも、宴会料理の下から引き抜いた
テーブルクロスについて。
クリームが入った皿について。

プディングから採取した
皮膜について。
私はもう荷造りを済ませてきた、
だから結論を聞かせてほしい。
皆さんのいうべきことやいかに？
あなた方はわたしにどんな判決を言い渡すのか？

見よ、旅人よ

Look, Stranger

世紀の海面すれすれに
あなたはよく飛んだよ　だが遠くの岸までは届かなかったね。
いまぼくたちはあの旅のことを考える、
戦争の波の上を飛び跳ねてゆく石礫のことを。

それはやがて沈み降りつもって生成した、
砂堆、暗礁、環礁。ほら島になる、
小舟たちがそこから不気味な嵐のなかを漕ぎ出してゆく、
望遠鏡は大陸を見つけようと眼をこらす。

最初に横断した者たちは険しい岩の海岸にたどり着く、
切り立った崖、高潮そして危険な大波。

枝が一本、蔓のように、上の方から垂れ下がっている——
彼らは攀り始め、そして止まる、その匂いなら知っているから、
Audacious audacious《ダイタンナル・ムコウミズ》と云えば根をさすこともあるが、
通常この樹はその果実によって知られている。

*原題の〝Look, Stranger〟はW・H・オーデンの同名の詩への言及。

キッド

Kid

バットマン、大物さんよ、育て
とあんたが命じて、オレを風下へふらふらと、
あんたの得意だった科白で云うなら遙かな蒼き彼方へと
解き放ったとき、別の言い方をすればさ、要するにオレを
ドブに棄てたとき――あんときだよ、オレは角を曲がったんだ。
今じゃ例の「あの人はぼくにとって父親代わりでした」の噂をもみ消して
封印し、「あの人は年の離れた兄のようでした」の
美談の真相をすっぱ抜き、あの人妻との
不倫ごっこだって暴露してやったさ
あんたがどうやってあの女を車に乗せて街へ繰り出したかをね。
さらば！　赤い胸の――鳥の巣の――卵も――びっくりロビン
さらば　ぼくを――白詰草の――なか――で――転がしてよ、

オレはもう球拾いなんかしないからな
バットマンさんよ、肩からずり下がった
シャーウッドの森の緑と深紅の衣装を脱ぎ捨てて
ジーンズと丸首のセーターに着替えたんだ、
今のオレはもっと背が高い、もっと固い、もっと強い、もっと年上だ。
なあバットマン、想像するだけでもケッサクじゃないか、
腰巾着のいないあんたが、圧力釜で
鳥の臓物を煮こんでいる、
食料をためこんでおくための小部屋は空っぽ、
あんたはひと冬じゅうずっと拳で自分の手のひらを叩き続けてるんだ、
言っとくぜ、今じゃオレがワンダーボーイなんだよ。

仕上がりは気にするな、

幅を摑むこと。
ところが、なんべんやってみても
色あせた壁紙の
剝がれかかった部分を
彼女が篦《へら》の刃で
こそいで引っ張ると、
ちぎれるか、破けるか、
すうっと先細ってしまうのだった

木の根のように
また川の源流のように。

Never Mind the Quality:

思い出すのもうんざりするほど
なんべんも。よりによって
その日は日曜だった。
居間の壁の
隅が一か所
かすかに捲れあがっていたので

彼女はその先端を折り返した
丁寧に整えたベッドを
仕上げる手つきで、
それから指先に
全体重をそっとこめて
引っ張ったんだ、喜望峰の先端を
迂回するウインドサーファーみたいに
背筋を巧みに使ってね

すると剝がれてきた

まるでまだ誰にも所有されていない山中の
鉱脈の層のように、みるみる
剝がれて、息を呑んだ。
幅木から
額長押まで、
ドアの縁から
張り出し窓の方へ。

男は頑として言い張った、
この家の屋根の下に
そんなものを置かれちゃこまる、
冗談じゃないぞ。
洗濯物干し場だって？
おれの濡れた下着のそばに？　まさか。
おれのパンを焼く
オーブンのそばだってもってのほか、

しとめたライチョウをぶら下げてある
ポーチもだめだ、
ちょいと変わった、
埃除けのカバーみたいに
カウチに掛けることもまかりならん。
要するに、どこもかしこもだめなものはだめ。
そこで外に出された、物干し紐の上
糊づけされたシーツか

虫干しにひろげられた
古いテントみたいに。
噂は広がる。
よりによってあのひとがねえ
掛け布団ほども大きな
壁紙を剝ぎ取ったんですって。
それもダブルベッド用の掛け布団よ
誰かが誇張する。いいえ、建物の切妻壁くらいあったわとまた別の誰か。
女たちは市場に集まって
噂話をとっかえひっかえ交換する、
両腕を大きく広げて
まるでそいつが
魚、たとえばカワカマス、あの
釣りそこなったやつか、
大量の布地ででもあるかのように、

でなけりゃグリーンの外側から
見事にしとめた奇跡のパット、ボールは
ホールの縁でじらされて
一瞬静止し、それから入ったんだ、
木の実のように
コトン、と可愛い音をたてて。
男たちは読唇術が使えた。

それぞれの流しから、コンロから
顔を上げた、エプロンを
ふりほどき、スリッパを
蹴っとばし
大急ぎで外履きをつっかけて、
バケツとブラシを持って
表へ飛び出すと
敷石をごしごし洗いながら
女たちをじっと見つめるのだった。

あたりは暗くなってきて
唇を読み取るのは
難しい。「ねえ、こんなにでっかいのよ」
ひとりの娘が云う、腕と
指を広げて、まるで
すごい綾取りをやり遂げたばかりのように

何フィートにもおよぶ
透き通った空想の紬ぎ糸を受けとろうとするかのように。

電気を盗む

Abstracting Electricity

だからそういうこと、地球温暖化とオゾンホールが原因で
その夏、町の貯水池がしだいしだいに干上がって
基標軸の背骨に沿ってゆっくり水位を下げていったときの話さ。アトランティスだ、とか
　言いながら
ぼくたちはクレーターの底をうろついて記念になりそうなものを
物色したり、罅《ひび》割れて完璧な八角形に焼き上がった表土を

石蹴りでもするように飛び跳ねる。
谺が聴こえるね、話すために話をしようじゃないか。言葉なんて、
はっきり言って、片側だけの鋏より役に立たないんだから、ぶらぶら歩いていこう
橋とポンプ場を抜けると、救命浮輪が雨量計に
輪投げみたいに引っかかっていて、そいつはすでにひとつの意見表明、向こうの谷間に

影を落とすハンググライダーは翼手竜。
でなきゃ最初のデートの自慢でもしておくれよ、どうやってカレシが君を
リンクへ誘ったかでもカレシは滑れなかっただから君はカレシと
繋がったまんま優しくそうっと時計回りに回ってあげたんだ。そのあと、
おばあちゃんのロケットからあのとっておきの五ポンド札を出して、

君はパイナップル・サンデーをおごってあげた、二本のスプーン、
フォトブースのなかで暖まって写真撮ってプリント分けて――
君の目はフラッシュで悪魔みたいに真っ赤だったね。
それともバイオリズムがつまずいたせいにするかい、
昼間は立ってるのがやっとなくらい疲れきっているのに夜になると

君は眠れない。薬を飲んでいるうちは効き目があるけど
髪の毛が束になって抜けるから君はそれを捨てる。
仕事にありつくが性に合わないといってそれも辞める。
君はあの車を買う、車検と税金が三か月しか残っていないオンボロ車

タイヤなんかすっかりちびてて一ペニー硬貨の上を走ると
表か裏か分かるくらいだ、ボンネットはJCB《パワーショベル》に当てちまったから
車体と噛み合わないし、水溜まりの上を走るときには
みんなで両足を上げてなきゃなんない、それくらいひどかった。それからあの家のこと、
思い出させてくれよ、君がどんな風にメーターに銅線を巻き付けて、電気代を半分
浮かしていたか、五月から九月までは冷蔵庫のなかにシャツを干していたかを。

最後に決まり文句をいくつか、一本の給水塔ではひと夏を乗り切れない、
一ガロンのガソリンに含まれている鉛の量は哺乳瓶の乳首を
満たさない、つまりそれほど微量なんだが、君はそんなもの欲しくもないよね
一夜にして鼻の頭に出現するオデキが欲しくないように、
どっちから見ようとしてもそいつは見えない、口にしたくもない
それでいて喉元まで出かかっているのさ。

鳥類学者

The Ornithologists

目ざとく、そして種類ごとの習性を熟知する私たちは
シーズンの到来を周到に待ち受けて
雨樋の縁にプラスチックの切れ端を取り付けます。
そうしておけば風が音を立ててイワツバメを寄せつけないんですよ。

ツバメが軒先に巣を作り歌声を響かせたところで
消毒剤や苛性ソーダや
砂の吹きつけ工事による壁面清掃の経費は安くなりやしませんからね、
そんなことに大枚をはたく代わりに

堅実に貯蓄するとか、もっと
立派で賢明なことにお金を使ったわけです。シジュウカラやフィンチは

それほど面倒じゃありません。木の実を餌にやり
水浴び用の水盤が凍れば砕いてやります。

要は暮らし方なのです。精神は家のようでありたいもの、
清潔で、通気がよく、片付いていること――私たちの家がまさにそうであるように。

ロビンソンさまへ

Dear Robinson

家事仕事の素朴な音であなたは毎朝眼を醒ました。
あの即席のダブルベッドから、あたしがどんな風に
そっと　あなたを起こさないようにそうっと起き上がって、
黙って着替えをして暖炉に火をくべたのか、つゆとも知らずに。

部屋の一番隅から、フキンで
銀の食器の内側を拭いながらあたし見ていたわ、
あなたの眼が光に慣れてゆくのを。あなたは笑顔を浮かべ、
あたしの手は次の高価な器を磨きにかかった。

ロビンソン、友達の友達が今になって言うのよ
あなたの声はあたし好みじゃなかったたって。

ひとつだけ忠告しておくわ
あの朝あたしが鉛筆の芯を尖らせて
大文字で書きつけたこと、あれは嘘じゃなかった。
それからもうひとつ、いい？　あたしが
優しく震える舌を封筒の糊つき蓋の裏に這わせていたとき
あのときあたし、微笑んでいたのよ。

＊「火をくべた」という日本語表現に読者は違和感を感じただろうか。原文は〝stacked the fire〟である。これはちょっと耳慣れない表現。積み重ねる（stack）のが薪（firewood）ならわかるけれど、ふつう「火を積み重ねる」とは言わないからだ。とはいえ、こういう英語を書いた詩人の心理は手に取るようにわかる。

イースト・ライディング

East Riding

教会墓地の門の前を
自転車を押してゆくところを目撃されている、
そしてその夜遅くには
貨物置場の近くにいるところを。

金髪、そばかす、
軽い喘息持ち、
コール天の上着を
着用していると推定される。

友人と近所のひとたちが
引込線の上をくまなく捜索している、

朝になれば
潜水夫と犬が到着するだろう。

バートンアグネス出身の
ひとりの男が
任意の事情聴取に
応じている。

＊イースト・ライディングはイングランド北部ヨークシャーの一地域で、人口二十万を越える都市ハルを除けばほとんどが田園地帯である。東側が北海に面している。
＊バートンアグネスはイースト・ライディングの小村で、海岸まで十キロメートルほどの距離。この村には十七世紀に建てられた美しい田園屋敷バートンアグネス・ホールがあり、屋敷にはよく知られた幽霊伝説がある。

ぼくらの十番目の年に

In Our Tenth Year

この本、この頁、この二枚の紙の間に
挿まれたキキョウ、その葉っぱ、押せばまだ
あの頃のぼくらの水彩が滲みだす。

過ぎ去った歳月、某月某日の諍い、
あの言い争いと捨て台詞、
ぼくの浮気相手の名前と日付けと場所に関する君の目録、
背の高い、浅黒い、ハンサムな、ぼくの嘘の歩兵たち。

十年を経て、ぼくらはぼくらに吃驚《びっくり》する。
まだ二人で、まだ縒り合わさって、でもいまは愛で二倍になって
そして離ればなれで、ひとりきりで、一夜を過ごすとき

なんという確かさだろう、互いが、もうひとりの半分であることの。

このキキョウは元の姿を保っている。もう赦してやろう
空気のなかで、光とともに、褪せることを、萎れることを。
ほら、ぼくの指から取って。さあ、放して。

氷

窓がちゃんと閉まらないのも
お風呂のお湯が十分熱くならないのも
タオルが濡れたままなのも
君にとっちゃちっとも大したことじゃない。

問題は君のお気に入りのドレスが
まだ湿っていて、アイロンもかかってないこと。
君には着てゆくものがなにもないってこと
で、責められるのはなぜか僕だ。

さあ君はこれから家中をひっくり返して
衣装ダンスを八つ裂きにするぞ――

マルコス夫人よりもたくさんの靴、
シャツとブラウスを剝ぎとられたハンガーの群れ

いろんな布地と色彩で
肘掛け椅子はがんじがらめ、
そで口やら、長い袖やら、襟元やらが
カーペットにうようよ群がっている。

僕はさっきから外で待ってる
破風の壁を伝う
罅割れたパイプのそばで
君が使ったお風呂のお湯のシャボンが

道路の上を這い進んで
角を曲がる。
流水のへりは
もう凍りはじめている。

レディバウア貯水池周辺

About Ladybower

映画やスナップ写真で見たからって信じちゃいけない、ワゴン車は分解可能な部品の
物置き場、腕金、歯車、ギア、鎖止めであふれた骨董屋、
モンキースパナと鋼鉄レンチの隙間に落ちる部品の数々。
服飾こそがすべてを決するそれは今日だって例外じゃない、
ぴちぴちのライクラのニッカーボッカー、ベスト、ヘルメットに指なし手袋
ほかにオプションで手に入るものすべて、ボタンで留めたり、貼りつけたりできる
一切合財を身に着けてぼくらは優雅にキャットウォーク、
仮設公衆トイレから先に述べたシトロエンまでの二十ヤードを。それから自転車を引っ張
　り出して、跨って、
あっけに取られているハイカーたちを尻目に漕ぎ出してゆく。
マウンテンバイク！　鉄の馬たち！　猪突猛進、やめられない、

止まらない、高嶺の花の高級自転車あらゆる状況に対応するギア。
アスファルトの序章をとばし、囁きの小路をぬけて散歩道へ
昔ながらの栗の木の並木道を目ざとく見つけて、
滑り止めの鋲で骨まで鳴りそうな遊歩道をおよそ二百メートル、それが不意に途切れて、
　ぼくらは
車軸までの深さの真っ黒い泥炭スープのなかへ放り出される
押してもだめなら、引いてみな、どうにかこうにか這い出して羚羊《カモシカ》みたいに
飛び出して駐車場のみなさんお騒がせ。でもそこからはもう快適だペダルもらくらく、
合言葉は乗馬道ぼくらはのんびりお喋りを交わすまるでそこがケモノミチか
古代の霊道で、地下に張り巡らされた水脈の行方をハンドルバーが
本能でひとりでに嗅ぎ分けてゆくかのよう。

下り坂になるとしっかり、腰を据えて、全速力で
滑り降りてゆく、バイカー仲間のあの格言「下がったものは上らにゃならぬ」
は承知のうえだ——平均したらゼロ、登るのと降りるのとが帳消しになって
挙句の果てはサドルから尻を浮かして汗をかきかき、果樹園のろのろ
貨車の荷台に運ばれてゆく牛の群れ、いやこのいでたちなら、

バスケの選手か、喘ぎながら斜面を登る身長二メートルの巨人たち。湿原《ボッグ》の水溜りに切りこむと後輪の両側に水しぶきがふたつ翼をひろげて、ぼくらを無事向こう側まで届けてくれる、落ち葉や泥の上に轍が刻まれる、それぞれの来し方行く末の忠実な記録。みんなの後ろからぼくはよたよた。綱渡りの自転車曲芸師の見習い小僧、特殊な失読症患者轍を辿り、追跡し、道筋を読むことがまるでヘタクソ。

下草がお辞儀して、スポークに巻き込まれて一瞬チリンと鳴って、反対側に突き出たとたんに刈り取られた。ぺんぺん草が蛇のように尻尾をもたげてぽきりと折られた。道路の穴ぼこに車輪がすっぽり嵌ってぼくはひっくり返る。さあいよいよゴール目前だ、

道沿いの反射板は滑走路の着陸ライト、おしまいはあっけない、最後の運動学的下降で角を曲がり、そのまま勢いつけて湖のほとりを駆け抜けて作法どおりの静けさで滑りこむ。ぼくたちはシトロエンの内部に収容される。皮膚の感覚が麻痺している、肘の骨を打ちつけて

痺れたみたいに。手と脚がわななないている、無言のうちに旅は終わった。余剰は、

きれいさっぱり燃やされて取り除かれた。ぼくらの内なる動物が酷使されたのだ。

＊レディバウア貯水池は、イングランド北部ダービーシャーのピーク・ディストリクト国立公園内にあり、付近にある六〇〇メートル級の山地からいくつかの谷間を下ってくる流れが集まる貯水池。風光明媚なところである。

ただ今8番ホームに停車中のメタファーは

The Metaphor Now Standing at Platform 8

バーミンガムニューストリート駅にて車両が切り離されますが、南西方面へおいでのお客様のなかで

安全上の理由から後方車両に座っていらっしゃいます方々は、糞づまり入江駅《シットクリークセントラル》までお降りになることができません。その場合お乗り越し扱いとなり、また入江を漕ぐ櫂のご用意もございませんので、予めご了承ください。

さて本日は、お子様たちとご父兄の皆様を

メタファーの機関車へご招待、操作取手《死人のハンドル》に触わることもできますよ。

え、排障器《雌牛キャッチャー》？　石炭スコップの上で焼いたベーコンエッグですって？　勘弁してくださいよ、

いまは一九九〇年、西部開拓の時代じゃないんですから。

そこで鉛筆舐めてる子供たち、蒸気機関車の
時代のことを話してあげよう、記録帳のなかへ向かう
素晴らしい喩え話に乗って。いいかい、この世には
メタファー探しにすらなれない可哀相な子だっているんだからね。

ここ、メタファーの中心にあるのは
食堂車です、焼きたてのバタートーストと
アルコール飲料のことがきっと語られるでしょう。
次の息では、昼食をご用意いたします。

これは寓意のボート列車じゃありませんよ。
象徴の水上飛行機でもない。
奥さま、人生は旅であって目的地じゃないんですから、
お友達がそこであなたと落ち合いたいっていうのは微笑ましいですが、いささか馬鹿げた
お望みです。

ご乗車の皆さん、当企画「列車の旅の歓び」のアトラクションとして、

今朝は詩人たちをお招きしています。車掌車からスタートして
通路を歩きながら、短い、けれど素敵な作品を吟遊いたします。
もしもし、そこのお客さん、指定券を拝見。

座席に足を伸ばさないでください。奥さま、お願いですから、
タバコはお吸いになりませぬよう。わたしが走らせているのはメタファーであって
宴会列車じゃないんですからね、さあそれさえはっきりさせたら
すぐさま出発。それまでは、だれもどこへも行かせませんよ。

＊バーミンガムニューストリート駅は一八五四年開業、イングランド中西部の工業都市バーミンガムの中央駅である。英国鉄道網内の重要なハブ駅のひとつで、ロンドン、リバプール、マンチェスターなどの大都市行きの他、スコットランドやウェールズ方面、さらに南西地方コーンウォール半島先端のペンザンスなどへ向かう列車の分岐点である。

歌

乗馬道と、川沿いの土手、
そのふたつが交叉する場所で
ハシバミの樹皮を剝がして、魚、そう、
鱒くらいの大きさのボートを作った。
そいつが水に浮かんで流れを下り、
沈むのを見た。沈むのと入れ違いに
銀色の小さな腹が浮かび上がってきて
陽にきらめいた。だがそれもすぐに消え失せた。

それから南へ下って、橋を渡って
ワタスゲの葉を毟って
火打石で火を起こそうとした。

立ち昇った煙がシカモアの枝の先から
二枚ずつ葉っぱのついた種子をふた組外して
ふた組はくっついたままくるくるまわり
一匹のトンボとなって煙を曳いて
川下へ飛んでいった。結局火はつかなかったけれど。

それから夜になった、河口に面した
家。室内では、一匹の魚、そう
鱒、その柔らかな燻製肉の
何オンスかが　皿に載っていた。
ぼくは席についてそれを食べた。そんな風に
物事は生じる、輪郭を現してくる、
それぞれに名乗りをあげて。
移ろいゆく陽によって明かされる秘密、
雨の恵みによって守られる約束。

＊ハシバミと鱒と聞けば、W・B・イェイツの「さまよえるイーンガスの歌」だなとピンとくる。

八行三連（アーミテージは最終連のみ一行加えている）の詩型まで模した美しいもじりである。イエイツのイーンガスはハシバミの枝を釣竿にして鱒を釣り上げ、家へ持ち帰るが、その鱒は美しい娘に変身して、明け方の光の中へ消えていく。男は彼女の行方を求めて一生さまよう、ロマン派的探求者の運命を背負うことになる。

テネシーウォーキングホースに囲まれて

With the Tennessee Walking Horses

もうどうでもいいの、
ドレスの裾のプリーツも、
眉毛の線や

長さも
髪の毛を
こっちの方へ垂らすのも

あっちにするのも。
母さんからの手紙だって。
カーテンの色だって。

耳を澄ますと、外のどこかで
馬の鼻勒の乾いた響き
水車の、回る音。

調教用の円陣の中心に、あの人がいる
馬たちに囲まれて。
わたしは窓の外をにらみつける

片手で手綱の張り具合を
確かめ、もう片方の手で鞭の
弛みを手繰りながら

踵を軸に回転するあの人の姿。
乾いた砂の上で、馬たちの蹄の
ひとつひとつが撥ねる音、きつく
抑えられた爆発。

お腹のなかに膨れあがる感情を
わたしはひとつずつ噛み殺す。

＊テネシーウォーキングホースはアメリカ南部産の品種で、調教しやすく、歩行時に乗り心地のよい馬。テネシー州では、この馬に乗って特殊歩行する馬術競技がさかんである。

三連勝——これだからスポーツはやめられない

Great Sporting Moments: The Treble

まったく金持ちっておめでたいな！　自分にはテニスの素質が
生まれつき備わってるって本気で信じているんだから。
海岸地方の連中はなんでも自分専用の器材を持ってる
センサー付のフォールト判定機から審判の椅子に到るまで、
あいつもそのくちだったが、俺はウェストヨークシャーのおんぼろコートで磨きをかけた
とっておきのストロークで奴のケツを五回しばいてやったのさ、
チタンフレームがひん曲がるほどのビッグサーブでまず一回
列車のように引き返して行ったストレートリターンでもう一回

魚のように呆然と奴が見送るしかなかったロブで一回
バックハンドのパスが弾んでひと条のチョークの煙が
舞い上がってまた一回、暴動鎮圧用ゴム弾のようなスマッシュが
奴に痣を残してとどめの一回。三セットのストレート勝ちだった。
腹の虫の収まらないあいつはロッカールームで
もうひと勝負どうだと持ちかけた、ゴルフだったら負けないからな
ゴルフ場じゅう引き摺りまわしてやるぞって。
俺はティーがなにかも知らないカマトトをかましてやった、
ほら、公爵様ギャグに出てくる平民を演じてみせたのさ
だんな、あのゆで卵立てみたいなものはなんです？
「あれか、あれは運転中、わしの金玉を載せておく台じゃ」
「へえ、たまげた、ロールスロイスってなにからなにまで考えてあるんっすね」

ところが五番ホールになっても俺がくたばらないのを見ると
奴はとうとう頭にきて長手袋を叩きつけ、

こうなったら男らしく勝負だ、ボクシンググローブをつけろ。
まさか、そんな無茶な、と俺は言った。しょうがないな、じゃかかってこいよ。

＊テニスもゴルフも英国では主として貴族たちによってささえられてきたスポーツである。近代ボクシングは十八世紀以降英国で成立し、初期には護身術として貴族の間に人気があった。「海岸地方の連中」は「海沿いに屋敷を構えている上流階級のお歴々」と読み取っておこう。他方、内陸のウェストヨークシャー出身の語り手は、周囲を鉄網で囲い、地面をアスファルトで固めたようなテニスコートで腕をみがいた労働者階級代表である。

ロビンソンの終身刑

Robinson's Life Sentence

起き上がれ朝早くダブルベッドから、
シャワーを浴びろ、ブラインドを上げろ、
開胸手術のような今日の夜明け、
ふらふら階下へ降りてゆけ、茶を沸かせ、時間をかけて
新聞を読め、それの結果、
あれの告示、ジッパーをあげろ、外へ出ろ、本の虫になって
大通りの店をひやかして歩け、
買いものをしろ、支払いは小切手かカードで、
ひとりの男が銀色のオートバイから
サイドカーを取り外して、それからそいつを
赤ん坊の靴の片方みたいに置き去りにするのを見ろ、
友達に会え、新しい友人を作れ、

一杯やれ、食事をして、仕事の話をしろ、
スティールギターの弦を張り替えろ、新しい曲を
かき鳴らせ、だれかの車を試乗せよ、
ガソリンまたはオイルを買え、支払いは小切手かカードで
あそこへ電話をかけろ、こっちには葉書を出せ、
夕食を出前させろ、ジンのストレートで
酔っぱらえ、ベッドに入れ、
読書を少し、古い書物を
終わりの方からぱらぱらめくれ、酔いつぶれて
熊のように眠れ、波に洗われ
やさしい夢の波にあとからあとから洗われて、けれどまた
目を醒ませ、そして起き上がれ朝早く。

逮捕状が執行される前夜に彼が書いたと思しき数行

Lines Thought to Have Been Written on the Eve of the Execution of a Warrant for His Arrest

いいか、俺には膚で分かる、
骨の髄で知ってるんだ、もしも俺たちが家を失い
職を失い、家族がばらばらになるとか、とにかく
どつぼに嵌ったとしても、あの女は自分のブラウスの
ボタンひとつ貸してはくれないだろう、庭の菜園の
豆一粒すら。だが農場の中庭にそしてアメリカ中西部の黄塵地帯に
俺たちは外套を敷くだろう、覚悟を固めて
裸の背中を小川やマンホールに浸すだろう。

バードケイジウォーク界隈では騒乱のときも戦争のときも
あの女がスカートをたくし上げるなんていう話は聞かないだろうし

白鳥が水の下でせわしなく足掻くような
はしたない足さばきを目にすることもないだろう。
だが俺たちの戦車は速やかに轍のなかで止まるだろう、
奴らは石をひっくり返すみたいに砲台の蓋を開けるだろう、
戦車のなかで、俺たちは顔色ひとつ変えない、あの女の名前を
喉の筒にかがり縫いで縫いつけて。

これは確かな筋から聞いた話だが、
いいか、俺たちの書いた手紙や、クラスで一番だった成績や、
卒業証書なんかが示すとおり、俺たちは、あの女の息子や娘どもを
全部束にしたよりも十倍は頭がいいんだ。
だが連中の一言一句を聞き漏らすまいとする奴がいる、
思い浮かべてごらん、蘭の花弁の入口で
静止しているかのように見えるハミングバードや、
河馬の歯の隙間をついばむあの鳥のことを。

いいか、俺たちが焼かれても、あの女は一滴の水も

かけてはくれない、俺たちが溺れたって
ベルトや靴紐を差し出そうとはしない、
手を貸すでもない。むしろ背を向けて見せつけるだろう
脚を、透き通って伝線ひとつないストッキングを。
だがその時でさえ俺たちは取り乱したりしないのだ
むやみに口から泡をこぼしたり
あの女の名前に向かって煙草の煙の輪を吐きかけたりは。

なによりも許せないのは、内心ではそう思ってもいないのに、
演説やチラシのなかで俺たちを思いやるふりをすることだ。
あの女が天に召されるその時を思い浮かべてみよう、
あたかも風向きが変わったかのように俺たちは顔をこわばらせて、
ある調べを、ある呟きを心のなかに聴くだろう、
そして語り合うだろう、その瞬間自分たちがどこにいたか、
どんなに吃驚《びっくり》して、押し黙ったか、
大真面目に、まるでそれがどうかしたとでも言わんばかりに。

＊バードケイジウォークは、ロンドン市内のバッキンガム宮殿へと通じる道。一八二八年まではロイヤルファミリー以外は通行が禁止されていた。

午後八時、雨、そしてロビンソンが

8 p.m. and Raining When Robinson

バスで到着する、その街の名前を
彼は口にしようとしない、
足元に荷物をおろす、
タクシーを拾い、五ポンド札を渡して、
びくびくしながら、ロビンソンは
告げている、「東にゆく道路がある、そいつを

一マイル走ったところで降ろしてくれ。釣銭はいらない」
名無しのごんべえ、
だから、「おや、あんたロビンソンじゃないか、
競馬新聞に載っていた記事を読んだよ……」自分について
一言でも触れられるとロビンソンの心臓は

雹に降られた馬のように立ち騒ぐ、下がってゆく
ショッピングセンターの地下駐車場へと、下がってゆく
あれを入れておいたグローブボックス……
空っぽだ！　ロビンソンの心臓が
錨のように沈みこむ。いまや地に堕ちた、彼の名前、
あと何分もしないうちに連中は彼を捕らえ、
百万ドルの質問を投げ放つだろう。「ロビンソンや」、

いつぞや医師《センセイ》は言ったものだ、「ロビンソン、
どっしり構えて、坊や。落ち着くんだ」
だが彼の神経、彼の毛髪、ましてや
日ごとにモンタージュ写真そっくりになってゆく彼の顔。
いっそのこと
始末してもらったほうが楽だが連中には
そんな情けもない。いまや走り出して、心臓の脈のひとつひとつが

次の一拍をすかしとって——倒れるな、ロビンソン。
だれかが入口で彼の名前を
告げ口して、ボディガードが彼を引き摺り倒す、
連中は舌を引っ張りだして剃刀の刃を斜めにあてがう、
「いいか、ロビンソン、俺たちのことをひとことでも喋ったら
ソーセージにしてやるからな。ふたこと目を
喋ってみろ、心臓を抉りとって
てめえに喰わせるぞ、てめえのキンタマを
蝶ネクタイにしてやったっていいんだぞ、ロビンソン、
覚えられなかったら、
箇条書きにしとくがいい、いいか俺たちの名前を漏らしたら……」

あの計画のことは喋るな、新しい街、新しい名前、
連中のことはツバ吐いて放っとけ、ひとところに腰を据えろ。
駅にバスが停まっている。あれに乗るんだ、ロビンソン。

言葉と関係

これは夜の毛布じゃないよ、
そのためのお粗末な広告に過ぎない。

颪の作用で
雲は細長く、黒い荒々しい形へと
引き裂かれている、窓から
剝ぎ取られたポスターの残り滓のように。

ぼくらは西へ向かっているにちがいない、なぜって
遠くの稜線のぎざぎざが　消えゆく光に
浮かび上っているからね。絶景、
話のネタ、でも

言葉がこんな有り様だからさ
失いたくないんだ
ぼくらの間に残された最後の正気――沈黙を。
あの雲が、今日一日のぼくらの行い

ここまでの四〇〇マイルを見届けるために
モビールみたいに、微動だにせず
吊り下げられてる、
そんな風に云ってみることだってできただろう。

でもぼくはただ――いま何時？
そして君はふたこと――そうね、大体ね。

西へ行く

Going West

A地点からB地点へと
あっちを指差し　その反対を指差しながら、
ぼくらは細い線を辿り、
なんの話だったか忘れてしまうまで《もとの線が見えなくなってしまうまで》
些細な言い合いをする《髪の毛を引き裂きあう》。
ぼくのハンドル捌きをみて君は呆れる
どうやって免許を取ることができたのだろうと。
交差点へ差し掛かるたびに
ぼくには君の気持ちが読めたのさ。
油温計の針が

赤いゾーンを指している、
「最後のサービスエリア」の看板に誘われて、
ぼくらは車を停める、蒸気を逃がして
休ませてやる。
もう腹ぺこだ
ぼくは猿のバター焼きだって食べられるぞ。そして君は、
そうだな君は、競走馬を一頭平らげてみせるだろう
デザートに騎手までとりに戻って。

＊原題の〝Going West〟には、慣用的に、「死ぬ」、「こわれる」、「動かなくなる」などの意もある。

日曜大工べからず集

A Few Don'ts about Decoration

がっかりするべからず。ローマと同じで
一日にして建たずなのだから、
噂に聞く「エホバの証人」教団の納屋とか
礼拝所とは違うのだから、あっちには
働き手がたくさんいて、

測鉛線の両側を
長老たちが確かめてくれる、
娘たちも、ミルクをいれた水差しも、縁から
溢れんばかり。基礎梁は
朝飯前にもう打ち込まれていて、

日没までには最後の石が
整形されて据えられる。
うぬぼれるべからず、我々は
溶接用バーナーについて無知だった以上に
第三級火傷のことを知らないのだから。忘れるべからず、

セメント一に砂は三、
塗るときは壁ではなくてタイルの方に、
ぶちまけてしまった釘の山は
磁石で簡単に拾える、煤は
あとからあとから出てくるもの、紙やすりは

紙幣そっくりの匂いがする。
私が塗っているときには気を散らすべからず。
スパナ一本と、あんまりにもなまくらなので
裸の尻を乗せたままロンドンまで行けそうな鋸だけで
なにかを始めようとするべからず。

もうひとつ、君らがあの一平方ヤードの
ブナ材《ビーチ》の端っこを押さえながら
眼を見開き両の拳が白くなるほど握りしめて
鮫の背鰭みたいなギザギザが
陸の方へじりじり近づいてくるのを見つめるときには……

身じろぎするべからず。
そしてゆめゆめ信ずるべからず、脚立というのは
宝殿なんかじゃないあれは死の落とし穴、
私を上に載せたまま
クロコダイルの歯のようにぱっくりと喰らいつく、

哀れな泳ぎ手——君のことだ——に。カーペットみたいに
丸めたレジのレシートを持ってくるべからず。私を責めるべからず
タイルが壁から剝がれ落ち
シャワーヘッドがまっ逆さまに落っこちてバスタブが

割れたからって。

希望を失うべからず
何週間もかけてついに「完成」、
そのとき端が反り返り、裏が
破け、ボブ・ビーモンでも感心するくらいに
なにもかもが

飛び跳ねたとしても。
そりゃあ確かに、何光年も先は長い
だが山と同じで、いつかは頂上を踏むことができる。
俯くべからず。
弱音を吐くべからず。

＊ボブ・ビーモンは米国の陸上競技選手、メキシコオリンピックで走り幅跳びの世界記録を作った。

文化研究《カルチュラル・スタディーズ》

Cultural Studies

彼女は神話を書きつけるだろう
自然のリズムに関して

黒い、アフリカ風の部屋の内奥で
ホラ貝で交易した日々に

論及しながら。
なにもかも覚えている

彼女の縦笛を
男たちがどんなに下手くそに吹いたか

それにあの無神経な足さばき
コレハ失礼、なんて紳士ぶって呟きながら。

＊「カルチュラル・スタディーズ（Cultural studies）は、イギリスに始まり二十世紀後半に主にアングロサクソンの研究者グループの間で盛んになった学問の傾向を意味している。政治経済学・社会学・社会理論・文学理論・メディア論・映画理論・文化人類学・哲学・芸術史・芸術理論などの知見を領域横断的に応用しながら、サブカルチャーなどを手がかりに産業社会の文化と政治に関わる状況を分析しようとするもの。……多くの場合カルチュラル・スタディーズにおいては、ある特定の現象がイデオロギー、人種、社会階級、ジェンダーといった問題とどのように関連しているかに焦点が当てられる。カルチュラル・スタディーズの研究対象は日常生活における意味と行動である。文化的行動には、所定の文化において人々が特定の行動（テレビを観るとか外食をするとか、《彼女の縦笛を吹くなどの性愛行動とか》（引用者加筆））をする仕方も含まれる」（ウィキペディア、日本語版による）。

家具ゲームに非ず

Not the Furniture Game

彼の髪の毛は詰まった煙突から引き摺りだされた鴉だった
両眼はてっぺんのへしゃげたゆで卵だった
まばたきは猫用出入り口の垂れ幕だった
歯は建築用砂岩かイースター島の巨石像だった
そして歯形は完璧な蹄鉄だった。
彼の鼻孔は二連式散弾銃（装塡済み）の左右の銃口だった。
口は破産した石油採掘プロジェクトだった
最後の微笑みは帝王切開だった
舌はイグアノドンだった
口笛はレーザー光線だった
そして笑いは重症の犬伝染性気管支炎だった。
彼が咳き込むと、モルトウィスキーが撒き散らされた。

彼の頭痛は女王陛下造船所の放火だった
彼の議論は魚の網の絡みついた船外モーターだった
首は演奏ステージだった
喉仏は浮玉弁だった
そして両腕は割れた瓶から迸る牛乳だった。
肘はブーメランか洋裁バサミだった。
手首は足首だった
握手は麦かすの桶に潜む毒ヘビだった
指は宇宙服を着たまま死んでいるのが見つかった宇宙飛行士たちだった
掌はアクション・ペインティングだった
そしてどちらの親指も導火線だった。
彼の影は露天掘りの鉱山だった。
彼の犬は無人の番小屋だった
心臓は子供たちが見つけた第一次世界大戦の手榴弾
乳首は発火装置のタイマー
肩甲骨は牛肉解体コンテストに参加したふたりの肉屋
臍はフォークランド諸島

秘所はバーミューダ三角地帯
臀は司祭の隠れ部屋
そして腹部や腿の伸展線は遠ざかってゆく引き潮だった。
彼の血液は全面的にオランダエルム立枯病だった。
脚は水中爆雷だった
膝は割られるのを待っている化石だった
靱帯は防水布にくるんで床下に隠匿したライフル銃だった
そしてふくらはぎはシャクルトン哨戒機の着陸装置だった。
土踏まずは隕石の落下地点だった
つまさきは芝刈り機の下の地ネズミの巣だった。
彼の足跡はベトナムだった
約束は木立の上を飛び去ってゆく熱気球だった
冗談はよその家の窓を割るサッカーボールだった
苦笑いは月から見た万里の長城だった
そして最後にふたりが話をしたとき、それはアパルトヘイトだった。

彼女は椅子だった、後ろにひっくり返っていた肩に彼の防水作業衣を掛けられたまま。

彼らは彼に告げた、
すると彼の顔は穴になった
そこに張った氷は薄すぎて彼女を支えることができなかったから。

＊家具ゲームとは、一種の連想ゲームのこと。出題者は答えとなるある人物のことを頭に浮かべながら問いに答える。回答者は、「そのひとは家具なら何？」「果物なら何？」「動物なら何？」「花なら何？」などと質問して、答えとなる人物にたどりつこうとする。

ミレー　落ち穂拾い

Millet: The Gleaners

誰も彼女の腕を捻ってはいないのに、それでも
後ろの方へハーフネルソンで固められて、散弾銃みたいに
二つに折られて。手からは、麦の穂がしぶきになって
孔雀の尾羽のように飛び散っている。

一番手前の人物も立っているがやはり前屈みだ。
たわめられた小枝か、矯正された幹、なにかしら
屈したもののように、彼女は湾曲する、武装をといて、地平すれすれに
縫いこまれた、糸のない弓。

三番目の人物は最初の人物を半ば隠している、もしも夕日が
スポットライトならば彼女がフィナーレを飾るのは
膝を折る会釈ではなく深いお辞儀によってだ。感極まって

彼女は仕事を忘れてしまう、摘んでいたのか
植えていたのか、小麦だったのか大麦だったのか。

これだけは云っておこう。ぼくらは畑を横切って旅をつづける
観光客みたいに　花を摘み、途方もない話
——嘘——を言い合いながら、頭のなかは芥子のことだけ。
すっかり暗くなるのは夜半を過ぎてからだろう

ハンモック、帽子、ピクニックのバスケット、
一個のリンゴのような今日という一日——傷ひとつつかず
それでいて瓶詰めのジュースになって。目の前の道、停めたままの場所に
ぼくらの車。ひとりでに元に戻るだろう、ぼくらが敷いた毛布の下で
ぺしゃんこになった雑草のあの正方形は。

＊ハーフネルソンはプロレス技で、「ハーフネルソンスープレックス」の略。「片腕のみをフルネルソンの要領で捕らえ、もう片方で相手の腰の辺りを掴み、後方に反り投げて頭からマットに叩きつける」（インターネットのサイト「プロレス技辞典」による）。

教科書の例題を用いた復習

Revision Exercise with Textbook Example

机の向こう側にいる
奴にしてみりゃ、ぼくらは
匙いっぱいに掬われてくる情報を
あんぐりと口を開けまん丸に目を見開いて
待ちわびているカッコーの巣の
雛鳥に見えただろうさ。

だがパソコンの前で呆然と
座っているぼくらは、大陸移動や
地殻上の高温地点、火山弾なんていう概念を
鵜呑みにはできなかった。簡単そうに聞こえるけれど
考え始めると分からなくなる

どうしてヨーロッパは東へ移動したのか、

どんなふうにして
アフリカ北西部の塊が
中米のへっこみから引き剝がされたのか、
太平洋の縁に沿って走るあの裂け目が
なぜ海とそのなかの一切合財を
呑み込んでしまわないのか。

ぼくらはまだ完璧な世界に
松明を掲げていたんだ、隠された
裏の意味なんかない星のうえにね。北極点は
道標、交叉点、または実在する一本の杭であって
それは凍りついたロープによって
しっかり三方から支えられていたのだ。

で、ある授業の終わり近く、

ぼくらは地震計で計測できるくらいの
大騒ぎをしていて、
そしたら奴はぼくがその震源地だと云いながら
OHプロジェクターの日輪のなかから
大股に歩いてきて

ブチギレて
ぼくの髪の毛をわし摑むと
教頭のところまで引っ立てていった、
教頭は学校のコンピューターのファイルを開いて
「非行」の項目にぼくの名前を
入力した。

それはでも
ほんの序の口だった。
その後、底冷えする体育館のバスケの授業で
三つ巴のダンクショットに巻き込まれ、

ぼくは押し潰されて
吹っ飛んだ

そしてそれがベテラン校医の
目に留まったのはいいのだけれど
その校医ときたらどんな怪我に対しても
患者のパンツの
Yゾーンに、熱く乾いた自分の手を
載っける治療をすることで有名だったんだ。

だから地理の授業に
戻されたときにはほっとして、
ぼくらは半球のおさらいをした、コリオリの法則と
地球の自転の偏向力を理解するために
赤道を跨いで
一列に連なった家並みを

思い浮かべた。
奴は地図を描いてみせた、
北の端の家でお風呂を流したら
石鹼水は配水管への螺旋をたどって
時計回りの方向に
小さな渦を巻く。

南の端の長屋建住宅《テラスハウス》では
紅茶の葉っぱとか塵くずとかが
流しや洗面台の排水口の湾岸沿いに
椋鳥みたいに群がって　超小型の高気圧の彼方へ
時計とは反対まわりに
吸い込まれてゆく。

となればもう
答は明らかだ。赤道に跨って建つ
家のなかでは、水は騒ぎ立てたりせずに

まっすぐ真下へ流れ落ちる
あぶくひとつ
立たない。

ロビンソンの供述

Robinson's Statement

奴は平然と嘘をついた。
彼女が死んで
もうひと月になると言った。
だが鑑識が暖炉を掻き出すと
ジャガイモはまだ残っている、
アルミ箔に包まれて、
まだ暖かく
まだおいしい。

奴は言った
砂糖菓子の新郎と新婦は
脱脂綿にくるんでしまってあると、

罅割れたり舐められたりせず
ばらばらになったり褪せたりもせず、
まだうっとりしていると。

奴は言ってのけた
彼女はこの世から別の世界へ立ち去っていったのだと
薔薇の花が蕾へと逆戻りして絶え入るように
秋の木が乾いた最後の一葉を失うように。
彼女の歯のことでも嘘八百を並べたてた。

だが巡査部長がブーツの底で
思い切りドアを蹴り倒したとき

ロビンソンの目に突きつけられたもの——、ドレスは
首に絡まり、古びた下着が
汚れ乱れて、彼女の遺体は

ドアの下、ドアの上には巡査部長
シーソーの真ん中に立つでっかい子供さながら。
その瞬間、何たる云い草、奴は言い放った
こいつはまるで、ボードに乗ったサーファー。

シロツメクサの川辺

この冬、白いガチョウが六羽、その家の近くに棲みついた。
今朝、家具を拭き掃除しながら
彼女が川の向こう岸にある巣のあたりに目をこらすと

連中はそろって川下へ流れて行っていて、かわりに
砂の上には白い卵がひとつ真っ直ぐに立っているじゃないか。
ガチョウたちがパン屑に気をとられている隙に

長女のローズが、靴下にサンダルをひっかけて
ひろげたエプロンにその卵をのせて
川のなかの踏み石を辿りながら持ち帰ってくる。

In Clover

彼女は卵を割り中身を小麦粉と掻きまぜて
半分ずつの殻には警察官の絵を描いて
来月のフラワーショーで売るための植木鉢人形をこしらえる。
もうじき、六羽の白いガチョウたちは首を伸ばして嗅ぐことになる
窓敷居に冷ましてある上出来なエッグプディングの匂いを。

写真には残っていない思い出

Without Photographs

ぼくらは文字通り蹴つまづくんだ
ガラクタに、灰と防水シートに覆われて、
古い町工場の隅っこに仕舞われていた
道具一式に。
どうやって探り出したのかは記憶にない、
でも薄暗がりのなかを漁って、
鋳型からはみ出した
柔らかくて細長い鉛くずをきれいに丸めてとってあるのや
焼けて黒ずんだ溶炉器具に出くわすうちに、
あるときすべてが繋がる、ぴったりと収まるんだ。
それから三週間というものぼくらはドラム缶に
燃やせるものならなんでもくべて燃やす、

入口のドアの枠木、かんぬき、コイルの芯、
荷運び用の台、厚板、アノラックの下に隠して
家から持ち出してきたマンガ本だって
パラシュートにつけた救援物資みたいに投下する。

思わず後ずさりしてしまう
そして日焼けしたみたいに熱が顔の肌に残ったら——
それが火の充分に熱くなったしるし。
グリルの上に坩堝をかけて
（調理台の上の取っ手のないシチュー鍋にそっくり）
鉛の固まりを、炒めものをするときの
脂みたいに投げ入れる。それはバターと違って
ゆっくりと、下から上へ向かっては溶けてゆかない
あるとき一挙に形が崩れるんだ
ほら、太陽が雲の縁から
眩しく現われるときの感じ。
そして流れ出す、鍋のへこみを伝い、

底を覆って、ぼくらの姿を映し出してみせる——
裏貼りの剝がれた古い鏡のように。
鋳型にはレンガを使う。
担架を運ぶみたいに二本の棒で
鍋を持ち上げシューシューと爆ぜる銅を
レンガの穴に流し込む。
熱のせいでレンガが真っぷたつに割れることだってある。

今日、ぼくたちは鋳型を見つめる、鉛が固まっていくプロセスをいちいち
突っついて確かめる、早くカップケーキみたいに
くるりと取り出し、その暖かな重みを
味わい、レンガ会社の名前が鏡文字で
ぐるりと刻印されているのを読みたくてうずうずしながら。
だが毎日実験を繰り返すにつれて、出来不出来なんか
もうどうでもよくなって、作業の満足感がふつふつとこみあげてくる。
汗と、火傷と、水ぶくれに
こめられているもの、それこそが

永遠だ。鋳造された金属に穿たれたものではなくて
ぼくらの味わう苦労にこめられているものだけが。

それから友情についてひとこと。帰り道、
山賊みたいに笑いながら、どのポケットも全部
いっぱいにして、
ぼくらはみんな黒光りして、ニシンの燻製みたいに臭っている。

北極の環を描く

最後の吹雪が霙《あられ》へとやわらぐ。
屋根板の下にいくばくかの熱がたまる。
金属の響きをたてて氷河が砕ける。
流氷が海へ流れだす。

ヒナゲシが微風に撓《たわ》む。
エスキモーの生ゴミに埋もれた骨が汗ばむ。
コンブが雪解け水に揺れる。
原子は太陽風のなかできらきらする。

ヘレン、君は最高の妹だ。
君とトムが誘ってくれて感謝してるよ。

Drawing the Arctic Circle

グリーンランドは想像していたとおりだ。
ぼくらはタイタニックを沈没させられるくらいスコッチを持参している。

星々は手で触れそうなほど間近にある。
これが夏だというのだからなにをかいわんや。
太陽は一日中一晩中照っているが
そこにはどんな暖かさも、光も、色もない。

ゴルフを合言葉とする十八プレイ

Eighteen Plays on Golfing as a Watchword

1

女子ゴルフ部主将は二十人の男と
交際《つきあ》ったが、ひとりだけだった
アルバトロスの醍醐味を知っていたのは。

2

二番ホールで光明を見つけた彼は、
キャディを帰らせ、
九番アイアンと愛用のボールを取り出し、

見事な一打を壁の裂け目に通すと、
人っ子一人いないこの世のフェアウェーへ
歩いていった。

3

ぼくらのボールはふたつとも
ゴルフ場管理人の小屋の手前の
ぬかるみに埋もれている。

ほら、見えるだろう、
泥のなかの男の幽霊の
狂気の両眼が。

4

この高みから見下ろす
旗と芝、

澱んだ水溜りに
一羽の鷺。

5

ぼくはなにか凄いことを言うつもりだったんだが、
忘れちまった。

あ　そうだ、
呆気にとられてぼくは突っ立っていたんだ
アライグマの足跡がひとすじ
サンドトラップのど真ん中まで続いて
忽然と絶えていたので。

6

ティーショットをスライスしたら
クラブの先っぽにあたった。ボールは木立を

ピンボールのように跳ね回って、ぼくらの立っている場所から
唾が届くくらい近くまで戻ってきた。

クロウタドリが突然げらげら笑いはじめる。

7

ホールインワンすること、

あるいは君の息子の跨っている自転車から
ついに手を放すこと、私道の端まで
自転車は走り続け、丘をくだり、
車道に沿って、
橋秤《ウェイブリッジ》りと空き瓶回収ポストの間を抜けて——
もう点にしか見えない——

それから大きな学校の門のなかへ倒れずに入ってゆく。

8

ゴルフ部主将の弟の除名を企んだのは誰だ?

純白な服を着た二十名の
部員審査委員会のなかに、主将の顔
浮かび上がる構図。

9

三番アイロン、二〇〇ヤード、
一直線にのびて見事な着地、そんな一打。
二フィートからしくじるパター、それも一打。
怖いのは飛ぶのじゃなくて
落下すること。

最初の一万フィートではなくて、
最後の一フィート。命取り。

10

クラブの構え方についての具体的なレッスン、

頭を垂れ、両手は
一番落ち着きのいい場所において、
しっかりとけれどやさしくパターを握り、
脚は開いてかすかに
膝を折って。

紳士諸君、
おしっこするとき試してごらん。

11

ときどきぼくはベッドのなかで

あの最高のラウンドで打ったストロークを
ひとつ残らず再現してみる。

後ずさりしながら歩いてゆく
アライグマの夢をみる夜だってあるけれど。

12

フィルムとシャッター速度に関する事柄。
名も知らぬ年配のゴルファーが、最初の一打を軽快に放ちながら
滲んで不完全な円のなかで、

自らのスウィングに捕らわれている。

13

不吉だ。十三番ホールで
一羽のクロウタドリが身をもたげ
傘のように羽を広げる。

雨が降りだす。

14

公営住宅住まいのオレたち悪たれ坊主は、
朝メシの前に出かけて
練習用のフェアウェーに生えている幻覚キノコや、
闇で叩き売るためのロストボールや
シャクナゲのかげのウタツグミの卵を盗んだ。

霧深い十八ホールのかなたから、
節穴ひとつ向けている
ゴルフ場管理人。

15

魚のように
みるみる成長する。

昨日君は十二ヤードから入れてみせた。

今日はバンカーから叩きだす、
ボールはよろよろと左へ進み、錨をあげて、
ピンにあたりどうにか転がりこむ。

コトン。
一生の思い出。

16

ぼくにはどっちがいいのか分からないな。

電動バギーに乗った太った男が
ゴルフ場管理人の小屋のこっち側の
ぬかるみにはまって動けないでいるのと、

バギーの上でじっとしている
太った男の影が、クラブハウスに向かって
じりじりと伸びてゆくのと。

17

フェアウェーに人影はない、世界は今
ぼくらの牡蠣殻。

木立のなかで聴く風の音は
潮騒。

カップの底のボールは
真珠の収穫。

後半の九ホール、水面まで
あと一尋。

18

日没、ぎりぎり。十九番ホールが
ガソリンスタンドみたいに照らし出されている。

この刹那を生きてみよう。
ボールをティーに乗せてなんにも考えずに
思い切り叩いてやろう
虚無に向かって。

流れ星が
ぼくらに賛成する。

＊ウォレス・スティーヴンズの詩「ブラックバードを見る十三の方法」(〝Thirteen Ways of Looking at a Blackbird〟)のパロディは、ポール・サイモンの「恋人と別れる五十の方法」(〝Fifty Ways to Leave Your Lover〟)をはじめとして数多い。この歌の場合はもっぱらタイトルをひねっただけだが、われらがサイモン(・アーミテージ)の手際はいかに? ゴルフをネタにしたこの十八の言

語遊戯（原題〝Eighteen Plays on Golfing as a Watchword〟）の中で彼がべたにもじっているスティーヴンズの詩句を、原文で掲げておこう。〝Among twenty snowy mountains,/The only moving thing/Was the eye of the blackbird.〟――パート1と8を参照。〝I do not know which to prefer,/The beauty of inflections/Or the beauty of innuendoes,/The blackbird whistling/Or just after.〟――パート16を参照。

ロビンソンの辞表

Robinson's Resignation

理由は仕事と称するこの代物に愛想がつきたからだ、
クリップやホッチキスやらの一切合財に。
客どもの大袈裟な言い訳、連中の
度し難い嘘八百と、きれいな顔をしながら
口汚くわめき散らす娘たちに。おれはそいつらに囲まれて
あっぷあっぷしている。そして自分を持て余している、
人魚と結婚した男のように悶々と。

働くのはもうウンザリだ。
会議の間、議事録をとりながら、おれは夢見た
涎をたらした、ぼうっとして女たちの
洋服をほとんど一人残らず脱がせてまた元通り着けさせせた、

あらゆるボタン、あらゆるジッパーと、留め金を。
十八か月の間おれは潜水ヘルメットのなかで
自分の臭い息を吸って暮らしてきた。

もうなにもかもこれで終わりだ。
友情とやらに関していえば、電圧ばかりで
電流のないいわゆる兄弟たちなど
観葉植物ほどの役にも立たない。おれはロッカーを
空っぽにした。手袋か洗いたての靴下のように、
一方をもう片方に入れて身辺を片付けて、
ここから出ていかせてもらおう。

これがおれの最後の言葉だ。これ以上なにも言わない。

彼の所持品

小銭で五ポンド五十きっかり、
その日で期限の切れた図書館カード。

切手の貼ってある、絵葉書一枚、
なにも書かれていないが、消印つき。

三月二十四日から四月一日まで
鉛筆で斜線をひいた手帖。

彫込み錠のドア鍵の束、
アナログ時計、自動巻き、もう動いていない。

About His Person

手のなかの
最後の要求、

丸めて、カーネーションの（ただし
頭のもげた）切り花のように

拳に握りしめた釈明の手紙。
買い物リスト。

財布に隠した証拠写真、
ハートのロケットの奥の思い出の品。

金でも銀でもなく、
一本の指を飾る

生白い皮膚の指輪の痕。
以上、相違ありません。

未公認の桂冠詩人は田舎町の公会堂である

栩木伸明

「あなたの精神を公共建築物にたとえるとしたら?」

こう尋ねられた詩人がインタビュアーに語り始める——「イングランド北部の田舎町に立っている公会堂ですね。市民としての公共心はあるほうだから。ウェールズの男声合唱団やブラスバンドのコンサートがあるかとおもえば、地方都市婦人会の会合も開かれるし、オアシスみたいなバンドがやってきて演ることもあるかもしれない多目的ホール……」。

「アーミテージ公会堂」でどんな催しが開かれているかは前のほうのページをめくって確かめていただくことにして、ここでは、公会堂の沿革と館内マップを簡単にご紹介してみたい。

1

サイモン・アーミテージは一九六三年、イングランド北部ウェストヨークシャーの、ペナイン山脈に抱かれたマーズデンという村で生まれた。東麓へ下れば間近に地方都市ハダーズフィールドがあり、山を越えた南西側には巨大都市マンチェスターが広がっている。ハダーズフィールドは、マンチェスターではじまった産業革命の余波を受けて繊維工業が発展した都市で、現在約十五万の人口を擁する。アーミテージはこの町で育ち、ポーツマス技術大学校《ポリテクニック》で地理学を学んだ後、ここへ戻って非行少年を矯正する仕事に二年間たずさわった。その後マンチェスター大学大学院にすすみ、社会福祉学の修士号を取得する。修士論文のテーマは、テレビ番組に描かれた暴力が青少年犯罪に与える影響についてだった。一八八八年から九四年まで、グレーター・マンチェスター地域で保護観察官として勤務。詩集『キッド』は九二年に刊行されているから、いくつかの詩に描かれた暴力や犯罪や青少年の生態には、これらの職歴経験が反映されているに違いない。九〇年代半ば以降、専業の詩人になってからも、アーミテージはずっとハダーズフィールドに住み続けており、この町とその近郊のひとびとや風物は彼の詩に大きな影響を与えている。結婚は二度したが、二番目の夫人はイギリス放送協会のラジオ・プロデューサーで、彼女との間に一人娘がいる。

アーミテージは、自分の住環境について、一九九一年におこなわれたインタビューでこんなふうに語っている。

僕が住んでいる土地は都会っぽさと田舎っぽさを両方持っていて、必要とあらば即座にどっちでも差し出せるような地域なんだ。わが家の裏に広がるヒースの原野はイングランドでも指折りの荒涼とした厳しい風景だけど、その一方でここは、五つの大都市といくつかの大きな町まで一時間以内で行ける場所でもある。僕が書く詩の多くが、裏通りと洗羊液が出くわす、落ち着きの悪い言語の交差点に立っているようにみえるのはそのためだね。

発言の最後で、風景が詩の言語のメタファーに化けているところがいかにもアーミテージらしい。相性の良くないさまざまなものどうしをつなぐ「交差点」に立つというポジショニングは、『キッド』の詩の特徴をよく言い当てている。

アーミテージは子どもの頃から詩人になりたかったわけではない。彼が生まれて最初に買った本は『イネ科・スゲ科・イグサ科の野生植物観察ガイド』で、「カタログとか取扱説明書とかリストなんかには目がなかったけど、詩はほとんどっていうかぜんぜん読まなかったね」と語っている。

ヨークシャーといえばブロンテ姉妹の故郷で、アーミテージの家の裏の原野は『嵐が丘』の舞台へとつながっている。その原野が起伏する谷間のちっぽけな町のひとつは二十世紀末に桂冠詩人まで登りつめたテッド・ヒューズ（1930-1998）を生み、工業都市リーズは、労働者階級の話し言葉でギリシア劇を翻訳して一世を風靡した劇作家・詩人トニー・ハリスン（1937- ）を生んだ。ヨークシャーの文学は野育ちの土地言葉《ヴァナキュラー》が持つ表現力によって、ロンドンを中心とする南イングランドの都会的《メトロポリタン》で主流的《メインストリーム》な文学に対抗できる力をたくわえるようになった。

ヒューズの詩的後継者がアーミテージであることは衆目の一致するところである。彼自身インタビューに答えて、長年の間にいちばんくりかえし読んだ本はヒューズが書いた入門書『詩が生まれるとき』であると認め、「隣の谷」出身のヒューズから受けた刺激を回想してこう語る――「彼にできたことは、ごく普通の環境から出てきた僕にもできるんじゃないかと思ったんだ。読者をあっと言わせるような詩を書くってことがね……」。

だが、アーミテージはヒューズがルーツとする農村的な世界を直接引き継いでいるわけでないし、ハリスンが背負う大都市の労働者階級だけを背景としているわけでもない。アーミテージのヨークシャーはおそらく両者の真ん中あたりにあって、どちらにも近いがどちらとも同じではない「交差点」に位置している。しかも彼の詩の世界はおそらく、住んでいる土地と同じくらい生きている時代の影響を受けている。彼が詩を本格的に書くようになったのは、ポーツマス技術大学校《ポリテクニック》を卒業して郷里へ帰ってからのことで、ハダーズフィールドで幅広く活躍する詩人ピーター・サンソムの作詩ワークショップに通いはじめたのがきっかけだった。アーミテージはこう回想する――

本気ではじめたのはたしか一九八五年頃だった。ジェフリー・ムーア編の『ペンギン版アメリカ詩集』を読んで、頭のてっぺんを吹き飛ばされたのがとくに忘れられない。文字通りぼろぼろになるまで読みつぶして、二冊目を買って、そいつもまたばらばらになるまで読んだ。「球形銃座機銃手の死」（引用者注＝ランダル・ジャレル作）とか「ロビンソンに関して」（引用者注＝ウェルドン・キーズ作）とか「悲歌」（引用者注＝ケネス・ファーリング作）が、いままで考えもしなかったでかい可能性を突然開いてくれたような気がしたわけさ。ウィリアムズ、ローウェル、ベリマンとそっち方面の連中にハマッた。ビートにはそれほど感心しなかった。八三年に改訂新版が出たばかりだったムーアのアンソロジーは、当時英語圏にゆきわたっていたスタンダードな本である。アーミテージが詩を書きはじめたとっかかりのところでアメリカ現代詩の衝撃を受けたことは、「時代の子ども」としての彼を象徴する体験だといえるだろう。英語圏同時代詩のマップが、ヒューズやハリスンの世代にはありえなかった姿形で、アーミテージの目の前にあらわれたのだ。

じっさい『キッド』にはアメリカ詩へのオマージュがちりばめられている。いちばんわかりやすいのは「ゴルフを合言葉とする十八プレイ」で、この詩はウォレス・スティーヴンズの「ブラックバードを見る十三の方法」のパロディである。ごていねいに冒頭の三行は「二十の雪山のなかで／動いていたのはただひとつ／ブラックバードの目」をべたに引き写している。（詳細は訳注を参照のこと。）あるいは、「電気を盗む」のとりとめのないおしゃべりに、フランク・オハラの「僕これをする《アイ・ドゥー・ディス》、あれをする《アイ・ドゥー・ザット》」詩のエコーを聞き取る読者がいるかもしれない。それから、忘れてはならないのが、この詩集のなかに住みついてときどき目撃される謎の人物ロビンソン。アーミテージとおぼしき詩人にウェルドン・キーズの詩集を届けて姿を消し、「終身刑」を受けたり「辞表」を提出したりする禁治産者めいたこの孤独な人物は、キーズがわずか四篇の詩に登場させたことでアメリカ現代詩史上に名を残した架空の男である。アーミテージは、キーズの謎の死とともに封印されたロビンソンをまんまと生き返らせ、現代のイングランドを徘徊させているのだ。もちろん、アメリカ詩を深く読み込んでいる読者なら、このロビンソン像にアーミテージの分身を見いだし、ジョン・ベリマンの『夢の歌』連作に登場するダメ男ヘンリーの面影を見ても不思議はないだろう。

2

アーミテージは詩人としてきわめて幸運なデビューをしている。本格的に書きはじめて三年後の八八年には、三十歳以下の詩人のみに応募が許されている登竜門的な詩賞、エリック・グレゴリー賞を受賞し、その翌年には、イングランド北部ニューキャッスルにベースを置く詩書専門の出版社として独自の存在感を放つブラッドアックス社から、第一詩集が出た。『ズーム!』と題されたこの詩集は、世界中に会員を持つ詩書愛好家のブッククラブ、ポエトリーブックソサエティーのチョイス(四半期ごとに一冊選ばれ、会員全員に送付される)に選定され、「初期のオーデンの再来か?」とまで騒がれた。だが、本人ははるかに冷静で、「おバカにならずに大衆的な人気を得、堅苦しくならずに頭のいい詩を書いていきたい」とコメントした。この詩集は一万部以上を売り上げたという。

『ズーム!』は地方出版社から出た処女詩集にもかかわらず、権威ある「タイムズ文芸付録」に書評が出た。書評の書き手は、アーミテージと同年生まれで、まだ話題作『ジョン・ランプリエールの辞書』を書き上げる以前の小説家ローレンス・ノーフォークであった。アーミテージは九一年におこなわれたインタビューで、次のように語っている――

僕は北部特有の声を持っているから、その声で語ろうとつとめている。北部を称賛するときもおちょくるときも、その声でやってるのさ。ローレンス・ノーフォークが「タイムズ文芸付録」で、『ズーム！』はハムステッド（引用者注＝ロンドンの高級住宅街、芸術家多し）では書かれ得なかっただろうって書いている。どういう意味か完全にはわからないけど、こう言われて悪い気はしないね。もうひとつ別の書評では、この詩人はフィリップ・ラーキン（引用者注＝イングランド人の日常生活を書いたことで名高い）を思わせる声で書いているが、このラーキンはキレている……いや、いや、ウソだよ、ごめん。そんな書評は存在しない。いままっちあげたんだ。

アーミテージはまだデビューして何年も経っていないのに、自分の詩にあてがわれたステレオタイプ的な批評を笑いのめす余裕をすでに身につけている。

批評家筋にも一般読者にも受けが良かった『ズーム！』に続く第二詩集『キッド』が出たとき、詩の専門誌「P・N・レビュー」に載った書評に、「切れ者詩人の第二弾のお手並みを拝見してみようか」という皮肉な調子さえみられたのは、アーミテージがあやつる切れ味無類な機知のせいもあったに違いない。第一詩集に顕著だった社会性を引き継いだうえにアイデンティティーをめぐる問題にも手を広げ、言語遊戯の手際が冴えわたった『キッド』は、やっかみの目を集めても当然なほどの成功をおさめたのだ。この詩集はロンドンの超大手出版社フェイバーから出版され、現在までに六万部以上売り上げているという。これ以後、アーミテージの詩集はフェイバーから出版されることになった。

くわえて、九四年にイギリスで大々的におこなわれた「ザ・ニュー・ジェネレーション・ポエッツ」というイベントを構成する「最もエキサイティングな二十人の若手詩人」に選出されたことにより、アーミテージの名声は確立したといっていい。「詩は新しいロックンロールだ」というスローガンのもと、全国の書店、図書館、パブ、アートセンター、学校などで展示会と朗読会がくりひろげられた。「ひと握りの愛好者のために書いているのとはほど遠いこれらの書き手たちは、今日の大多数のひとびとが考え、感じていることを、はっきり伝わることばで表現している」という謳い文句とともにおこなわれたこのキャンペーンは、イギリス現代詩のイメージを変えるとともに、新しい読者の開拓にも大きく貢献した。

3

『キッド』とはいかなる詩集なのか？　くりかえしになるが、この詩集は「アーミテージ公会堂」の催しなので、多種多様な題材やスタイルが雑居している。おのおのが肩肘張らず、隣りにいる異質な他者を排除せず、ときどきは突飛な行動を起こして読者の目を覚まさせつつ、全体としては、ありふれた人生のディテールに隠れているエネルギーを引き出している——とでも言っておけばなんとなくまとまりそうだが、それではあまりにも抽象的だ。この本におさめられた詩の持ち味について、いくつかのポイントを具体的に紹介してみたいとおもう。

まず第一に、「アーミテージ公会堂」が多彩な催しのハコになれるのは、劇的独白（ドラマティック・モノローグ）という技法のおかげである。たとえば巻頭の「スグリの実のなる季節」では、詩の語り手はぼくたち読者にむかって語りかけている。ぼくたちはしだいに男の話につりこまれ、気がついたときには男の秘密を共有させられてしまっているので、最後に釘を刺すようなひとことを言われると、冷や水を浴びせられたような気分になる。こうやって読者を一種の共犯関係に持ち込むのが劇的独白の特徴だ。ヴィクトリア朝時代にロバート・ブラウニングが洗練した語りの手法だが、詩人がさまざまな人物になりすまして、本の外側にいるぼくたちに向かってしゃべるパフォーマンスなので、声色つかいが上手なアーミテージは多種多様なアレンジをおこなっている。「ブラスネック」、「アラスカ」、「チャットニー裁判長の最終判決」、「ただ今8番ホームに……」なども同じタイプの独白である。アーミテージはこの手法についてコメントを求められて、次のように語っている――

劇的独白という手法じたい、もちろん僕の発明じゃないわけだけど、僕が使うのは、詩を書こうとするときに、自分が感じていることと自分自身の折り合いがうまくつかないときだね。すごく助かるんだよ。自分じゃない誰かをさしむけて、やっかいな取り次ぎ役をやらせるわけさ。不正直なやり方だけどね、ホントの話。

この詩集をぱらぱらめくってみると、劇的独白に限らず、ひとまとまりのお話になっている詩がとても多い。アーミテージのおしゃべり観に耳を傾けてみよう。次に引用するのは彼が編集した『短くて素敵』というタイトルの短詩アンソロジー（ソネットよりも短い十三行の詩からはじまって、ページを追うごとに詩が短くなっていき、最後の詩はタイトルだけの作品になる！）につけた序文の一節だが、自分の詩について語っているようにも読める。

最高の文学とは書きとめられた談話みたいなものだと、僕は感じている。歯の隙間からじっさいに発せられる談話ではなくて、想像された談話。それで、そういう談話をもっと様式化して、考え抜いてまとめあげたのが詩——対話でも独白でもつぶやきでも、僕たちがそれらについてじっくり考え抜いて書き記したら、耳には詩として聞こえるんじゃないかな。

談話の最小単位はイディオムで、イディオムが使い込まれてすり切れたり、手垢がついたりするとクリシェになる。アーミテージは、イディオムをひねったり、新しくつくったり、クリシェをもじったりするのが大好きである。英語のそういう部分を日本語に移すのはほとんどお手上げなのだが、翻訳をお読みいただいて、なんじゃこれは、と首を傾げたくなる部分に出くわしたらたいていはソレである。ちなみに、アーミテージが自作したイディオムのなかでいちばん気に入っているのは、「人魚と結婚した男のように悶々と」（さてどの詩に出てくるでしょう？）だという。アメリカ版のアーミテージ選詩集にほれぼれするような序文を書いたチャールズ・シミックもこの新作イディオムが気に入ったようで、「こいつは覚えておく値打ちがある」とお墨付きを与えている。

4

『キッド』以降、アーミテージはきわめて旺盛に詩作を続け、現在までにオリジナル詩集十一冊、選詩集二種のほか、小説二冊とエッセイ集一冊も出版している。くわえて最近では、ホメロスの『オデュッセイア』の翻案（ラジオ劇として放映され、後にCDと書籍版が出た）や、アーサー王ロマンスの韻文物語『ガウェイン卿と緑の騎士』の現代語訳（原詩に倣って頭韻を踏むというアクロバットをおこなった）にも手を染めて好評を博している。第一詩集を出したときの「おバカにならずに大衆的な人気を得、堅苦しくならずに頭のいい詩を書いていきたい」という抱負はいまだに健在で、『オデュッセイア』のほうは大衆的な成功をおさめ、『ガウェイン卿と緑の騎士』は玄人筋から絶賛を浴びている。

彼の詩の展開について語るべきことは多いが、ここでは二十世紀末頃からアーミテージの詩に顕著になってきた特徴にひとつだけ注目して、解説をしめくくりたいとおもう。彼はごく初期からテレビやラジオと詩のコラボレーションに積極的な詩人であった。『キッド』と同じ九二年に出版された『ザナドゥー』は「ポエム・フィルム」と銘打った連作詩で、BBCテレビで放映された映像作家との共同制作による作品のスクリプトである。以来、アーミテージの詩の大多数はFMラジオやテレビの朗読番組でまず放送されてから詩集におさめられるようになったが、一種予言的というべき次の二篇はきわめて異色である。ひとつは「一九九九年十一月五日」（九五年刊の『死海詩集』に所収）で、まだ現実に起きていないガイ・フォークス夜祭を幻視する五一二行の長詩である。十一月五日は、一六〇五年にガイ・フォークスなる人物が議会を爆破して国王と議員を殺害しようとした未遂事件を記念する日で、イングランドではこの日の晩に大きな焚き火をたいたり、花火を打ち上げたりする風習がある。二千年紀の終焉を黙示するかのように、巨大なかがり火を描写する場面からはじまるこの詩は全篇、頭韻、脚韻、語呂合わせなど絢爛たる言語遊戯にあふれている。もうひとつはブリティッシュ・テレコムの企画による青少年のための演劇台本として書かれた詩劇「日蝕」（九七年刊の『クラウド・クックー・ランド』に所収）で、これも九九年八月十一日におこるはずの皆既日食を背景とした作品である。

　これらの予言を実現するかのように、アーミテージのミレニアム・ポエムが発表される。二〇〇〇年の元日にチャンネル4テレビで放映された「キリング・タイム」がそれであった。この詩は、アーミテージのプロフィールに、千年紀《ミレニアム》の節目をつなぐ同時代の記録者という役柄を付加することになる。「時間つぶし」と「人殺しの時」という二重の意味を負わされたタイトルを持つ「キリング・タイム」は千行の長詩で、「話変わって《ミーンホワイル》」という副詞でモンタージュされていくたくさんの場面からなる。一九九九年に世界を揺るがせたイラク空爆（「砂漠のキツネ」作戦）や合衆国コロラド州コロンバイン高校の銃撃事件などの「人殺し」事件に言及しつつ、それらのニュースを消費してしまうマスメディアの「時間つぶし」性を辛辣に批判するこの詩は、ほかならぬマスメディアを通じて多くのひとびとに記憶されることになったのである。

さらに二〇〇六年九月十一日には、長詩「突然に《アウト・オブ・ザ・ブルー》」が、人気俳優ルーファス・シーウェルの朗読によってテレビ放映された。二〇〇八年に書物として刊行されるより早く、ネット上に全文八七八行が公開されたこの詩は、世界貿易センタービルで起きたテロ攻撃から五年経った節目に書かれた作品である。詩人は、あの朝、ツインタワー内部にいた架空のイギリス人証券売買業者の視点で、事件の推移を刻々と追いかけていく。アーミテージ自身、事件の直後に短詩をいくつか書いているし、桂冠詩人アンドリュー・モーションやウェンディー・コープもこの事件をめぐる詩を書いているが、イギリスにおいては「突然に《アウト・オブ・ザ・ブルー》」が「9・11」にたいしてはじめてまとまったコメントを試みた詩となった。

くわえて、二〇〇八年十月刊行予定の最新作は、二〇〇七年冬にチャンネル4テレビで放映されたドキュメンタリーフィルムにかぶせられた詩のテクストである。『死ななかった者たち』と題されたこの作品は、湾岸戦争やボスニア紛争を生きのびた兵士たちの証言を扱ったものらしい。

アーミテージの詩に顕著になってきた特徴が何であるかはもう言わずもがなだろう。ウェストヨークシャーの身の回りにアンテナを張るところからはじめて、同時代イングランドのさまざまな人間ドラマへ、さらに同時代の世界へとアンテナの感度を徐々に高めていったこの詩人は、いつのまにか英国における事実上の桂冠詩人になってしまったのである。一九九九年、アンドリュー・モーションが第十九代桂冠詩人（彼の代から任期十年となった）に就任する直前、下馬評ではアーミテージの名前もあがったが、若すぎるということで立ち消えになった。次の第二十代桂冠詩人は、どうやら二〇〇九年五月に発表されるらしい。詩において政治を語りはしないが自らを「何となくちょい左寄り《ヴェイグリー・レフティイッシュ》」と呼び、「田舎町の公会堂」を自認するアーミテージが次期桂冠詩人の座を狙っているとはとうてい思えないが、指名を受けたら断らないような気がする。マスメディアを使いこなし、一般大衆と批評家の両方を喜ばすことのできる欲張りな詩人は、これからどんなしごとをしてくれるだろうか――ますます楽しみである。

『キッド』を通してサイモン（と栩木）から教わったこと　四元康祐

ちっぽけなペーパーバックの表紙いっぱいに、いままさに急降下を始めようとする満員のローラーコースター。古い雑誌から切り抜いてきたような白黒写真だ。高く掲げられた人々の腕の先には真っ赤に塗られた四角い枠があって、そこに著者名とタイトル、*Kid*。サイモン・アーミテージという名前に出会った、それが最初だった。二〇〇二年七月、ダブリンの大きな書店の隅っこでのことだ。

それから二年ほど経ってぶらりと入ったロンドン詩祭のステージで、ぼくは初めて詩人の肉声を耳にすることになる。そのとき彼が朗読したのは『キッド』には収録されていない作品だったが、ぼくにはとても懐かしく感じられたものだ。がっしりした体育会系の体つき、物静かな口調、そして少年の繊細さを秘めた声の響きが、*Kid* を読みながら想像していた通りだったから。

最初に訳した詩は「歌」だった。ぼくはそれを初めて会う田口犬男へのお土産がわりにドイツから持ち帰って、代々木公園の四阿で朗読したのだ。ちなみにその場には小池昌代も居合わせて、彼女への手土産はシンボルスカの「書く歓び」だった。

＊

書店でぱらぱらと頁を捲ったときから、ぼくにはサイモンの詩が好きになるだろうという予感があった。その予感はぼくの深いところで的中した。研ぎ澄まされたユーモア感覚、目まぐるしく変転する多彩な「声」と手法、先行する詩人たちへのさりげない、だが見事に本質を掴んだ挨拶《レファレンス》。そしてなによりも、現実の只中から最も「非文学的」な題材を選びとってくる大胆不敵さと、それを一篇の詩に捌いてゆく手付きの鮮やかさ。

一体かつて誰が、二人組のスリの自慢話（「ブラスネック」）や、ボールをグローブで摑み取る一瞬（「捕球」）や、見事に剝がれ落ちる巨大な壁紙（「仕上がりは気にするな、」）や、鳥類学者の説教めいた暮らしの知恵（「鳥類学者」）や、金持ちのお坊ちゃんをスポーツでこてんぱんにやっつける話（「三連勝――これだからスポーツはやめられない」）や、日曜大工の心得（「日曜大工べからず集」）や、変死者の遺留品（「彼の所持品」）から、詩を取り出してみせただろう。

時に抱腹絶倒のギャグ、時に体制への怒りと抵抗、時に透明な抒情でありながら、結局のところ「詩」と呼ぶ他にない歓びに溢れた作品の数々に、ぼくは圧倒され、驚嘆しつつ、同時に励まされてもいた。思いもよらぬところに自分の仲間を発見したように感じて。自分の書く詩が、日本の現代詩の辺境に生えた珍奇なキノコであったとしても、それが属するべき普遍的な日科属の体系が存在するという予感。日本語を通時的な軸とするなら、この星の現在を貫く共通の感覚をもうひとつの（共時的な）軸とすることで、〈大文字の詩〉を捉えることができるという希望……。

シンボルスカの詩とともにサイモンの詩を訳して、日本の「詩の仲間」に差し出したとき、ぼくはそこに言語や国境を超えた連帯のメッセージをこめていたのだと思う。

＊

だがサイモンの詩を本当に理解し、自分との共通項よりも違いの大きさに気づき始めたのは、翻訳の過程においてだった。ひと言でいうなら、それは〈モノに即した詩〉ということだ。彼の詩はほとんど場合、確たる事物をめぐって書かれており、言葉は事物の実体性に裏打ちされている。そこには言葉遊びも表現の戯れもあるのだが、それらが効力を発揮するのは、あくまでもその向こうに指示されている事物との関係においてである。実体から遊離した「文学的」な言辞によってなんとなく「情緒」を喚起して、以て詩とするという類いと、それは対極に位置する詩法だ。逆に言うとぼくはサイモンの詩を訳したことによって、自分のなかに巣食っている悪しき情緒主義に気づいたのだった。

彼の詩の〈即物性〉はさまざまな形を纏って現れる。たとえば「詩」や「彼の所持品」などは、ほとんど事物を羅列しただけの作品だし、そこに〈声〉の要素を加えると「有罪者たち」「鳥類学者」「シロツメクサの川辺」といった一幕ものの劇となる。「答案用紙を開いて、始め……」「イースト・ライディング」「日曜大工べからず集」などは、クイズショーやニュースなどの定型的な語り口を逆手に取ることで、事実の集積に詩的な磁気を発生させているのだろう。「スグリの実のなる季節」「ブラスネック」「越冬」「仕上がりは気にするな、」「教科書の例題を用いた復習」「写真には残っていない思い出」などはいわゆるストーリー・テリングの詩だが、「語り」はいずれも具体的なモノやコトに即していて、すなわちまさに「物語って」いる。考えてみれば彼の得意とする比喩もまた、語り手ではなく事物をして語らしめる語法である。「無題、花々と」の末尾で、語り手の「オレ」は、水洗トイレに活けてあったダリアが床に花びらを散らしているのを見て「はっとする」。どうして、どんな風にという説明は一切なし。このぶっきらぼうに投げ出された「はっとする」がサイモンの詩の本領だ。

彼自身そのことをよく考えているのだろう。「そんな風に／物事は生じる、輪郭を現してくる、／それぞれに名乗りをあげて」という一節を含む「歌」をはじめとして、言葉と事物の関係そのものを主題にした作品も少なくない。

＊

ぼくが『キッド』の〈即物性〉を最初に意識したのは「スグリの実のなる季節」の後半、〝We ran him a bath/and held him under, dried him off and dressed him〟というくだりを訳している時だった。この〝held him under〟を、ぼくは最初、いやがる風来坊を風呂に入らせる間みんなで「押さえつけていた」と解釈していた。だがどうして無理矢理風呂に入れる必要があるんだろう、と考えているうちにハタと気づいた。この一家は風来坊を殺したのだ、水を張った風呂桶の底に顔を押し沈めて。「身体を拭き乾いた服を着せ」られたときの「あいつ」はすでに死体だったのだ。その瞬間、〝bath〟のお湯の温度が一気に下がって、ぼくはサイモンの詩の本質に触れていたのだった。

「告解火曜日《パンケーキ・デー》」を訳しているときも然り。「それから君がほかの女たちとの恋を打ち明けたとき」と訳した部分は、原文では〝then ran through those several other women〟としか書かれていない。この詩が、子種が欲しいばかりに恋仲になったふりをしていたレズビアンの女性（彼女）から真相を打ち明けられた男（ぼく）の、びっくり仰天ぶりを描いたものだと気づくまでに、一体なんど読み返したことか。そのうちサイモンの詩を読むコツが分かってきた。気分や感覚で読んでは駄目なのだ、言葉の裏に実質を探っていかねばならない、推理小説で殺人現場の描写から真犯人の目星をつけたり、実物を手に取ったことのない商品を想像しながら何度もカタログを読み返すときのように。

（さてここでクイズをひとつ。「文化研究《カルチュラル・スタディーズ》」に登場する「黒い、アフリカ風の部屋の内奥で」、「彼女」と「男たち」は一体なにをしていたのか。そして将来「彼女」が書きつけるであろう「自然のリズムに関する神話」とは？　栩木教授の付した詳細な訳注にもそのヒントは潜んでいます。）

ところで先ほどから「即物性」と言って、「叙事」という言葉を避けているのは、それが叙事VS抒情というような詩形の問題ではなく、あくまでも言葉と現実の関係の結び方の問題であるからだ。むしろ抒情詩においてこそ、言葉をブツとして取り扱う冷酷さが必要とされるだろう。そしてしぶしぶながら白状すると、ぼくがサイモンの詩からそういうことを学ぶことができたのは、それを自分ひとりではなく、栩木伸明と一緒に訳したからなのだった。

いや「一緒に」と言うよりも、「戦いながら」と言うべきか。『キッド』を共訳するにあたって、栩木はぼくの元訳に情け容赦なく手を入れた。初めぼくはそれを、彼の説明的な散文性が、ぼくの詩的な味わいをこそげ落とそうとしているように感じて反撥したものだが、三年越しで推敲(という名の攻防)を重ねているうちに、事はそんなに単純なものではないと分かってきた。その頃からウィリアム・トレヴァーの小説集など散文作品を精力的に訳していた栩木の推敲は、ぼくの日本語から情緒的に浮ついたところを払拭した。結果として訳文自体は素っ気ない日常語であるにも係らず、それを読んだ時の味わいは遙かにリアリティを増すことになったのだ。

「どうしてわしがあんたにこの話をしているか、もうお分かりかな」(「スグリの実のなる季節」、原文は〝I mention this for a good reason.〟)、「清掃、清掃、もっときちんと」(「ロビンソン氏の休日」、原文は〝unclean, unclean.〟)、「以上、相違ありません」(「彼の所持品」、原文は〝That was everything.〟)……、栩木の訳に舌を巻いた部分を挙げればきりがないが、言葉を読んでいることを思わず忘れて詩の中に入ってゆけたら、そこは彼の推敲が入った箇所だと思って間違いないだろう。

＊

ここ数年頻繁に詩祭に出かけるようになって、さまざまな国の詩人から何度となくサイモンの名前を聴いた。とりわけ英国詩人が彼の名を口にするとき、そこには必ず畏怖と羨望の気配があって、ぼくはなんとなく得意になるのである。それにつけても彼が日本ではほとんど知られていないということが、これまではいかにも不可解だったのだが、いざこうして訳詩集がでるとなると、秘密の宝物のありかを天下に知らしめてしまうような複雑な心境だ。だがもう六年以上こっそりと味わってきたのだ。これ以上抱え込んでいては、詩の神様の罰が当たるだろう。「ぼくらの十番目の年に」の中で囁きかけるサイモンの声に倣って、ぼくもこの詩集をあなたに手渡すことにしよう。

「ほら、ぼくの指から取って。さあ、放して」

キッド

著者―サイモン・アーミテージ
訳者―四元康祐・栩木伸明
発行者―小田久郎
発行所―株式会社思潮社
〒一六二―〇八四二　東京都新宿区市谷砂土原町三―十五
電話〇三（三二六七）八一五三（営業）八一四一（編集）
FAX〇三（三二六七）八一四二
印刷所―三報社印刷
発行日―二〇〇八年十月三十日